Juan José Saer

[阿根廷] 胡安·何塞·赛尔　著
陈超慧　译

侦查

La pesquisa

（京权）图字：01-2023-4220

图书在版编目（CIP）数据

侦查 /（阿根廷）胡安·何塞·赛尔著；陈超慧译 . -- 北京：作家出版社，2023.12
ISBN 978-7-5212-2496-2

Ⅰ. ①侦… Ⅱ. ①胡… ②陈… Ⅲ. ①长篇小说 - 阿根廷 - 现代 Ⅳ. ①I783.45

中国国家版本馆 CIP 数据核字（2023）第 170138 号

La pesquisa by Juan José Saer
Copyright ©1994 by Juan José Saer
This edition arranged with Heirs of Juan José Saer,
through c/o Schavelzon Graham Agencia literaria
www.schavelzongraham.com
Simplified Chinese Edition Copyright:
2023 THE WRITERS PUBLISHING HOUSE CO., LTD.
All rights reserved.

侦查

作　　者：（阿根廷）胡安·何塞·赛尔
译　　者：陈超慧
责任编辑：赵　超
封面设计：吴元瑛
出版发行：作家出版社有限公司
社　　址：北京农展馆南里 10 号　　邮　　编：100125
电话传真：86 - 10 - 65067186（发行中心及邮购部）
　　　　　86 - 10 - 65004079（总编室）
E - mail: zuojia@zuojia.net.cn
http: //www.zuojiachubanshe.com
印　　刷：北京新华印刷有限公司
成品尺寸：130×185
字　　数：102 千
印　　张：6.25
版　　次：2023 年 12 月第 1 版
印　　次：2023 年 12 月第 1 次印刷
ISBN 978-7-5212-2496-2
定　　价：58.00 元

作家版图书，版权所有，侵权必究。
作家版图书，印装错误可随时退换。

献给里卡多·皮格利亚

与其他地方相反，在那里的十二月，夜幕会迅速地降临。莫尔万早就知道了。因为性格原因，又或是出于职业习惯，他吃完午饭就回到了伏尔泰大道上的特别行动办公室，透过冰冷的玻璃和法国梧桐的枝丫，从三楼不安地注视着窗外的暮色。树枝光秃秃的，和神话里的描述完全不同。在希腊神话中，法国梧桐是不会掉叶子的，因为我们都知道，正是在克里特岛上的一棵梧桐树下，那纯白无比、头顶半月形牛角的公牛，占有了他从泰乐或西顿海滩上（反正就是同一个地方）掳来的惊恐万分的少女[1]。

莫尔万早就知道了。他还知道，正是在黄昏时分，这颗古老的、破旧的泥球顽强地旋转着，转动着他和这个名叫巴黎的地方，使他慢慢远离太阳，逐渐失去那傲慢的亮

---

[1] 此处指宙斯化作公牛掳走名为欧罗巴的少女的希腊神话故事，也是传说中欧洲大陆名字的来源。——译者注（书中所有脚注均为译者注）

光。他知道,他从九个月前就开始追寻的那个影子,那个像他自己的影子一般近在咫尺却难以捉摸的影子,习惯了在这个时候从他沉睡的充满灰尘的阁楼里走出来,随时准备出击。而他已经这么做了——诸位听好了——二十七次了。

在那里,人们活得比地球上其他地方的人都要长。法国人或德国人活得比非洲人久;而在法国人当中,城里人似乎比农村人活得更久;在法国城里人当中——这都是根据统计得出的结果——巴黎人比其他城市的人要活得更久;而在巴黎人当中,女人又比男人更长寿。这肯定是有一定道理的,因为在巴黎,可以看到很多年老的女贵族、女中产、女的小资产阶级、女工人、被岁月摧残的单身女人或自由的女性。她们年事已高,仍顽强地坚持着,不愿失去那令人骄傲的独立。她们是公证员或医生的遗孀,是商人或地铁司机的遗孀;她们之前是买菜的商贩,或是绘画或歌唱老师,或是活跃的小说家,或是来自俄罗斯或加利福尼亚的移民,或是被流放的老犹太人,甚至还有一些因为比"良好风俗"更为严厉的监察官——我指的是时间——而不得不提早退休的娼妓。每天早上,都能看见她们重新出现,根据她们的状况,有的穿戴整齐,有的衣衫褴褛。她们犹豫不决地研究着五颜六色的超市货架。如果天气不错，她们会在广场或林荫道那深绿色的长椅上，孤独而僵硬地坐着，或是与其他类似的人兴致勃勃地谈话，或是像明信片所铭刻的那样，给鸽子喂面包屑；在春日的早上，还可以看见起床后的她们倚在窗户上，在五六楼的公寓里给开花的天竺葵浇水；在大楼里，能看见她们上下楼梯，动作既小心又缓慢，怀里抱着装了杂货的包，或一条紧张的、有点可笑的小狗，有时还用一些心理医生都不敢用来形容人类的心理分析术语和邻居讨论着什么。当她们太老的时候，老人院或死神将让她们消失，但她们的数量不会减少，因为在那段名叫"积极生活"的漫长且虚幻的时光之后，新一批寡妇、离婚的女人或单身女人会在埋葬了所有亲戚和熟人后，不自觉地或默默地来填补她们的空缺。

比让世界运转的条件和后来让她们——还有我们——在世界里运转的条件更加神秘的是她们那坚持下去的顽强精神。这个念头把她们安置在那狭小的公寓里，里面堆满了杂物和文件夹，二战前的绣花桌布，破旧的地毯，家族的家具和衣箱，装满药品的急救箱，上世纪的成套餐具，还有墙上和大理石抽屉柜上那些泛黄的照片。她们当中的某些人仍和家人住在一起，但大部分人要么已经孑然一身，要么宁愿独居。另外，数据表明——我想让诸位明白，这个故事是真实可信的——在任何一个年龄段，女性一般比男性能更好地应对孤独，更加独立。实际上，她们不计其数。虽然数据也表明，一般情况下，富人比穷人更长寿。她们属于社会各个阶层，尽管她们的衣着或居住的地方暗示了她们的出身和经济状况，但她们都有着与其性别和年龄相符的相似特征：缓慢的步子，满是皱纹和深色血管的双手，略带关节炎的庄重姿态，处于无法想象的人生最后时光中的明显忧郁，慢腾腾的器官和因为年老而变得犹豫不决的身体反射，还有那各种各样的手术，像剖腹产、拔牙、取出结石、切除乳房、刮除和切除囊肿和肿瘤、切除风湿性变形、切除神经系统病变，还有渐进性失明或完全失聪，瘪陷或萎缩的胸部，软塌的臀部，最后，在那传说的裂口中，那在字面意义上"驱逐"了男人和全世界的裂缝里，粉色的切口已经干涸，裂口也已经关闭，并陷入沉睡当中。

但是，正如我之前所说，即便黑夜吞噬了她们，到了白天，她们又会重新出现。那些没有被绝望、悲惨、幻灭的理想和悲伤所侵蚀的她们，会在上午戴着她们的老式小帽子，穿着严肃的大衣，涂着淡淡的腮红，和她们的小狗一起漫步，或者走下五楼或六楼的楼梯，到街上去买猫食，买金丝雀的鸟食，或买一本带有完整电视节目的周刊,或许——为什么不呢?——到餐厅去,然后在下午早些时候去医院看望一个熟人,或者更有可能的是,去墓地给某个亲戚扫墓,她们自己也成为一个象征、一个想法、一个比喻或是一项原则。

顺便说一句,她们都是这个城市特有的元素,是当地色彩的一个小细节,就像是卢浮宫博物馆、凯旋门或是她们窗边的那些天竺葵。必须承认的是,不管怎么样,通过手中的塑料小喷壶或早晨的水罐,她们做出了比任何人都大的贡献。也许是对她们在腹中繁殖人类和延续世界的奖励,又或是纯属偶然,因为组织、血液和软骨的随机排列,她们当中的很多人都能在时间的边缘里比其他人活得更久一些,就像是河中的缓流,一种无形的力量阻止了水流的水平移动,平静的水面似乎是停滞的,但这力量却毫不留情地将水流直直地拉向深处。

尽管她们外表看上去人畜无害,但有时也会让人恼火。也许是因为认识到自己的脆弱性,她们矛盾地以为自己是无懈可击的,这也给她们的想法加入一丝混乱。这倒是可能可以让她们成为时代的最强音了。因此,在一定程度上,她们在面包店门口的严肃讨论、在茶馆的社会学分析和在独自看电视时高声说出的机械式评论,都比那些所谓的政治家、人文科学专家和记者的演讲更能揭示当前的背景。现代社会唯一的严肃辩论,也许就是一个老妇人在打扫鸟笼时与她的金丝雀所进行的日常对话,而不是那些在会议室、法院或索邦神学院里的讨论:在失去一切之后,赢得了一无所有的特权,她们的演讲风格是一种毫无预谋的真诚,有时候,甚至不需要语言来表达,只需要沉默和意味深长的神情、暧昧的摇头和那混杂着热情与冷淡的眼神就够了。她们那皱巴巴的嘴唇吐出中立的单词——不管是好的还是坏的——有时会在不如她们那般沾沾自喜的听众中激起笑声、惊讶,甚至愤怒。我们已经知道,在"正如一个老太太所说"这句话之后,总是紧跟一些我们事先嘲笑的错误言行。在民间故事和民谣中,老妇人总是和魔鬼享有不相上下的尊贵地位,然而到头来,尽管人们会用她们来吓唬孩子,但对其余人来说,老人的坏心肠总是让人感觉有点滑稽,就像是口误或是什么不合时宜的话语。

那些老太太与舆论方面的犯罪无关,但还有其他的危险在等待着她们。城市的丛林就和字面意义上的丛林一样,充斥着欲望和恐慌,意外和必然,它们决定了物种的发展,还有那些由于事物痛苦或直接的,或快或慢的扩张所带来的盲目的巴掌也会影响到老太太们:吸毒者的拳头,在夜色中肆无忌惮地工作时被抓获的新手小偷,骗子那包围性的争论,甚至还有那些在没有地平线的城市中灰色人行道上穿着旱冰鞋的少年。这些人留下了一大堆一无所有的、血迹斑斑的、泣不成声的老太太。我们已经知道，驾驭这个急速世界的并不是骑手，而是马。但是，在那个十二月的下午，在他几乎是吃完午饭就立刻回到办公室，透过光秃秃的梧桐树的枝丫注视着那迅速降临的暮色时，莫尔万关心的并不是这件事。

那是圣诞节前的两三天，因此，莫尔万是在隆冬中思考的。正如人们所说，白色的天空预示着将要下雪，但这并没有冲淡节日的气氛。街上人很多，女人们手里提着包裹和袋子，抱着松枝，牵着孩子，神色匆匆地走过莱昂-布鲁姆广场周围那些行人专用的白色条纹。不管莫尔万怎么伸出身子，他都只能看见广场的一隅。尽管如此，在最近几个月里，为了刑事大队决定设立的特别行动办公室，他已经走了不少的路，也对这个广场的每个角落了如指掌。罗凯特大道和伏尔泰大道的交会点不是星形的，而是星号形状的；以广场为起点的还有戈德弗鲁瓦-卡芬雅克街、里夏尔-勒诺瓦街、勒杜-罗兰大道和帕芒提耶大道。在广场周围，有超市、酒吧和花店，广场一角有一家汉堡王，在小广场上有旋转木马，而在勒杜-罗兰大道和罗凯特大道西侧交界处则有一些鞋店、比萨店和药房，还有蔬菜店和熟食店。它们组成了一个光亮的彩色冠冕，悬挂在阴沉的市政大厦头上。尽管大厦外墙上挂着节庆专属的灯饰,却无法让他高兴起来。透过三楼的窗户,他看着忙于圣诞事务的人们像幽灵般来来往往,尤其是在大雪来临前的特殊气氛中,在他眼中,这一切就像是一场无声的骚动。商铺灯火通明,里面的忙碌显得平淡而遥远,阴沉的市政大厦,在红绿灯前等待或在角落以行人的速度慢吞吞地行驶着的汽车,手里满是包裹、裹着毛衣的人们,住宅的灰色外墙和石板屋顶,和天神允诺不符的光秃秃的梧桐树,预示着将要下雪的白色天空,构成了一幅生机勃勃的忙碌画面,在几秒内剥夺了所有的因果解释,如幻觉一般纯净且奇怪。他周围的宏大世界,既清晰又遥远,突然间让他感觉自己被驱逐到一个无法想象的事物外部。但这突如其来的感觉立刻就消失了。莫尔万一边窥伺着夜幕降临,一边继续思考他最关心的事情。

他的心头萦绕着痛苦和清醒,迷惑和警惕,疲惫和坚定。二十年来,莫尔万警长一直是警队里的模范,但他从未遇到过类似的情况:他正在寻找的这个男人——尤其是在最近几个月里——让他感觉很亲近,甚至有种熟悉的感觉,让他有时候会莫名其妙地感到沮丧,同时又激励着他继续寻找。这样的感觉是有客观原因的:以特别行动办公室为中心,犯罪出现的空间被限制在越来越小的半径范围内。毫无疑问，在这个限制中有一个重要的因素，很难说这是随机行为还是一种挑战，或是凶手给自己强加的规则，像是那些疯子或艺术家必须履行的那些源自突发奇想的义务。确实，在第一次犯罪之后的几个月里，凶手从未在第十区和第十一区以外活动，而在最近几个月里，凶手更是只在第十一区里活动。这也是大队把特殊行动办公室设置在这个位置——伏尔泰大道上、面朝市政大厦——并让莫尔万指挥行动的原因。但有时候，案发现场距离办公室越来越近让他感到一种转瞬即逝、令人痛苦的不安。不管这当中是有什么原因、规则或巧合，不管这是强迫性的心血来潮还是大胆的挑战，他都觉得同样的不安。

他也许是个太好的警察了。不管怎么样，有时候，他自己也会想，他在工作上投入了那么多，自己也没有孩子——他倒绝不会因此而觉得遗憾——他想，这就是他婚姻失败的主要原因吧。尤其是在过去的一年里，在和卡洛琳分开之后——这是双方的共同决定，但主要还是莫尔万的意愿——四十多岁的他感觉到了绝对的孤独，当中还伴有一丝怀疑和决心：是警察这个职业造成了他的情感障碍，但他绝不能放弃它。他的工作不单单是一份工作或义务，更是一种激情，包含了激情所可能带来的所有矛盾的、过激的行为。这并不是说他从未受到滥用权力或什么野蛮行为甚至是同事间那常见的贿赂的诱惑，不，不是这样的。他是整个刑事大队里最正直的人了——有时候，他自己也会讽刺地想，也许有一点太过于正直了。从法律角度来说，他也是最谨慎的了——正如他的一些同事有时郁闷甚至烦躁地说，也许有一点太过于谨慎了。如果他能像其他得到擢升的同事一样，将工作中的一些时间投入到所谓的办公室政治当中，那他肯定能上升到更高的位置。但是，即便是那些在职位上比他高级的人，那些部委和大使办公室走廊或阿拉伯酋长和非洲独裁者宫殿的常客，也都不能否认，在面对一项困难的调查，面对一项需要想象力和恒心、时间和推理、灵活性和韧性的调查，面对一项他们绝对不想承担的调查时，只有莫尔万警长可以坚持下来。不管怎么样，他都能从调查中得出最终结果。就像一个真正的研究人员一样，不管他属于什么领域，跟他身上的其他欲望相比，追求真理的渴望显得最为突出。其他的渴望都因无法动摇的求知欲而偃旗息鼓了。对他来说，只有法律才是唯一的限制。因此，他对同情漠不关心——在他的职业之外，他也不乏同情心——甚至对正义也无动于衷。

　　他的生活并不艰难，却很阴郁。在他拥有记忆和体验之前，就有这么个说法：他的母亲在分娩的时候去世了，他的父亲是火车司机，经常不在家，所以他是在菲尼斯泰尔乡下的祖母身边长大的。只要在工作之外一有闲暇时间，他的父亲就会带着糖果和礼物来看他，也在祖母家里休息几天。自从母亲去世后，祖母的家就是父亲唯一的家了。父亲每个月会来一两次。在学校放假的时候，父亲会带着他去旅行，让他坐在火车头里。当他把他带回来、准备离开时，父亲总会久久地拥抱着他。祖母看着他们，摇着头，脸上的表情与其说是悲伤，不如说是愤怒。后来，莫尔万才知道祖母那眼神的含义。十八岁的时候，他到巴黎读法律，但在第二年就进了警察学校。父亲是一名参加过抗争运动的共产主义老军人，但父亲很爱他，在得知他加入警校时，父亲甚至没有动怒。父亲很是困惑，但后来，他就明白了儿子性格中那奇特的一面：他对清晰事实的渴望，对真理的追求，比追求欢愉的热情更加强烈，比对自己，正如刚才所说的，以及对慈悲或正义的渴望更加强烈。在突然明白了这一点之后，父亲开始感觉，自己似乎是儿子的孩子，而将两人连接起来的，除了有那确定的不屈不挠的爱，还有那略带胆怯的尊重、内疚和脆弱。莫尔万对此早有预感，但也只在前一年才知道个中原因。

尽管父子俩不住在一起，但两人从没有分开过。一种由重力、互相保护和沉默一起构成的共同气场将他们连接起来。由于各自的工作，他们可以几个星期甚至几个月都见不上一面，但每隔十天或十五天，两人总会通一次电话，或者在两个让人脱不开身的任务之间给对方寄一张字迹潦草的明信片。普通的话语组成了一些亲切而简洁的信息，而在那些信息中，总涌动着两人一直闭口不言的暗流。祖母的去世，莫尔万的结婚，父亲的退休，都没能以任何方式改变那个无所凭依的、无法言说的共谋。这来自于父亲心中一种幼稚的不安，也源自儿子身上那无名痛苦的确定性。到了去年，这个秘密才浮出水面。

父亲自己选择住到养老院去——莫尔万和卡洛琳曾经试图劝阻他。儿子和儿媳经常去探望他，也邀请他去跟他们同住一段时间。父亲像孩子一般温顺地接受了这些提议，用顺从而中立的态度，任由他们带他到不同的公园、餐厅和剧院。直到有一天，他不声不响地独自收拾了行李，回到了养老院。在最后一次旅行中，父亲察觉到了莫尔万和儿媳之间的矛盾。父亲的一次发火打断了他的造访。一个月后，莫尔万和卡洛琳正式离婚，在一封简短而伤感的信中，莫尔万把这个消息告诉了他。父亲让他给他打电话。就在他于高速上驶向菲尼斯泰尔的时候，莫尔万已经知道，在这次即将到来的会面中，那个将父子两人默默联系在一起四十多年的沉默的蜃景将会被揭开，就像是两人之间共同的一个疮疤一样。

在两人见面的一个星期后,父亲自杀了。接到这个消息的莫尔万知道,自己早已暗地里有预感。他也知道,在心中出现这个预感的时候,他就默默地对自己说,如果父亲这么了结自己的话,和儿子得知那个秘密之后的感受相比,父亲的行为是过激的。自己的母亲不是分娩而死,而是在刚生下他、双脚都还没恢复力气、还没出院的时候,就抛弃了他们父子俩,跟另一个男人跑了。这个混杂了屈辱、谨慎和同情的秘密,他父亲保守多年的秘密,就如拳头里紧握的炭火。这也解释了为什么祖母看见父子在离别前长久相拥时会露出那样愤怒的神情。但这个秘密并没有在他内心激起一丝波澜,莫尔万心中仍然平静如水,就像在读四十年前的报纸一样,仿佛这件事情与他的家人以及自己毫无干系,故事的主角像是一群面容模糊的陌生人。他读到的甚至还不是一篇完整的报道,而只是在翻页时心不在焉地瞥见的头条:《一名共产主义抗争人士的妻子为盖世太保某成员抛弃丈夫和初生的儿子》。他的父亲在啜泣中向他讲述了这个秘密,在得知这个消息时,他并没有摇头,也没有一边咂巴着嘴巴一边发出讽刺的笑声,因为这个朴素而可爱的老头子已经进入生命的最后时光,也是他爱着并同情的真实的存在。他安慰着父亲,父亲结结巴巴地说,在彻底消失之前,她自己也说过,她早就爱上了那个男人。尽管她不知道也不关心这是谁的孩子,但她早就决定要在生下孩子后立刻离开,因为她不想照料这个孩子。父亲的剖白理应在莫尔万心中激起疑问、悲哀或惊讶,但恰恰相反,莫尔万心中只有冷漠、疲惫和觉得事情与自己丝毫没有干系的蔑视,仿佛自己是毫无人类感情的物种。在刑事大队工作的这十二年,莫尔万也曾和他那个时代的大罪犯们聊天,他内心深处也会为那些罪行感到震惊,但在抓住他们之后,他总是毫不心软、同时也不带一丝憎恨地对待那些人。另外,他还是刑事大队里为数不多的为废除死刑而发声的警察之一。他认为,这些人的行为让我们感到恐惧和厌恶,但我们也不能因此而对他们以牙还牙,因为我们并不同意他们的做法,也不能沦为像他们一样的野兽。父亲的忏悔并没有让他震惊,也没有激起他心中的仇恨或修复关系的意愿,甚至没有唤醒他那仔细彻底地看清和探求事物最细枝末节的细节的本能——他经常这么做,只为了找出一个连贯统一的逻辑,抽取出当中的意义。只有一个画面困扰着他,但这个画面肯定不属于他的记忆,而似乎是属于其他人——也许是除他以外的整个物种——的经验:一个身体泛红、尚未睁眼、身上带血的新生儿,从那个制造他、喂养他和庇护了他九个月的女人张开的双腿之间出来,在他成功地把头从那压迫他的双唇中解放出来的时候，他就爆发出一声声号叫，报复般地握紧那小小的拳头。那柔软的带有皱褶的身躯像是一块极度敏感的震动着的肉团，一块半成品，仍然只有神经和软骨，似乎他降临在这个世间只是为了用血染红产妇身下的白色床单。

我很了解你们，诸位肯定在想，我在这个故事中占据了什么位置，我知道的似乎比事情乍一看的要多。在讲述这些事情的时候，我还带着一个多重的无所不知的意识所特有的灵活性和普遍性。但我希望各位明白，我们此刻感知到的东西和我所知道的、我正在告诉你们的事情一样，都是零散的。但当我们在明天以有组织的、线性的方式把它告诉那些不在场的人或回忆起这个故事——甚至不用等到明天，不管是在此刻还是在其他某个时刻，只要我们开始说出我们正在感知的东西——我们的话语，只要一说出口，也会让人感觉到，它是被一个流动的、无处不在的、多重和无所不知的意识组织起来的。我们且不说礼貌方面，从一开始，我在提出统计数字的时候就很谨慎，以便向诸位证明我的叙述是可信的。但我承认，在我看来，这个举动是肤浅的，因为仅凭其存在的事实，这个故事就是可信的。如果想要从中提取出什么意义，那只要记住，因为故事本身的可塑性，要获得对它来说最合适的形式，有时候，一些操作是必需的，像是一些压缩、转移以及对形象所做的不少的修饰。

　　这么说吧，事实是，在莫尔万四十来岁的时候，大概是我们第一次看见他的前一年，吃过午餐的他看着那快速降临的冬日夜幕和那与之相反的预示着降雪的白色天空，没有母亲，没有父亲，没有妻子，没有孩子。他心中偶尔也会闪过一丝不甘：在这个世界上，他是绝对孤独的。但他不会自怜自艾，这个良好的品质保护了他。他的专注力是一种神奇的圆环，它的光亮把那些没有形状的东西，那些像是恐惧、痛苦、憎恨和自怜的混乱情绪，那些可能会在光照下影响那出皮影戏的东西挡在外面，让它们留在阴影当中。他的工作能力既没有禁欲主义的因素，也没有赎罪的幻想，而只有那似乎是天生的、有机的能力，那忘却自我以便有条不紊地专注于外部事物的能力。如果了解他，他的同事可能会把尼采对康德的讽刺用在他身上——"一只结网把自己缠住的蜘蛛！"但他们对他很是尊重，甚至欣赏，他们说不出这句话，甚至从未有过这个想法。在他们看来，莫尔万不爱交际，却和蔼可亲，虽然他对工作效率要求很高，但丝毫没有架子，他的下属不是因为他的级别或强迫而尊敬、服从他，而是因为相信他的才智、毅力和正直。稍微了解他的人可以猜到，他身上肯定有不快乐的经历，但他们却无法弄清楚那究竟是什么。因此，在他与别人的交往中，并没有提及这些不幸。其他人会意识到自己的不幸，尽管他们看上去过着比他更正常的生活，但有时候，他们却感觉他比自己更完美。就像木偶一样，在隐约看见操纵自己的丝线时，他们反而更可怜了。尽管他通常是最早到特别行动办公室的人，也是最晚离开办公室的人，但莫尔万似乎并不要求其他人也这么做。虽然他认为他的同事理应取得工作成果，但却并不期望他们以和他一样的方法来达到这个结果。正如人们所说，他的生活方式很奇怪，但他对别人的生活方式却漠不关心。比方说，他的办公室总是整洁干净到让人发怵，但其他人那乱糟糟的办公室却似乎没有让他感到丝毫的不适。他的生活极度简单朴素，但充斥在他周围的人之中的那如哲学幻影般的生命力却完全没有干扰他。不管怎么样，他也是属于他那个时代的人。尽管他很特别，但他仍是生产他的那个国家的一个中间地带：出于职业原因，他常与那些最凶狠的角色打交道，但所接受的教育让他有条不紊，自身的性格使他理性、有分寸，内心的自私令他宽容，周遭的社会商业力量让他变得现代；同时，他也清楚地明白，无论他愿意与否，生命的光明区域就是汇聚世上所有混乱的主舞台。

　　他拥有一个健康且充满活力的身体。与其说是因为工作，不如说是出于个人爱好，他每周都会做好几个小时的运动，如篮球、击剑、游泳。这让他得以享有似岩层般深沉安稳的睡眠。尽管如此，他偶尔会做一个奇怪的梦。同样的梦境总会拜访他，让他在第二天略感困惑，有点坐立不安。自好几个月以前，这个梦境就一直毫无变化地反复出现，他已经对此感到相当熟悉了。尽管那并不是一个噩梦，不知道为什么，他还是希望不要再重复。梦境发生在一个非常灰暗的城市，一个寂静的城市，笼罩在不知是黄昏还是黎明的昏暗光线中。那是一个无处不在、千篇一律的城市，说实话，与他所知道的真实城市没什么区别，甚至与他生活和工作的那个叫巴黎的城市无异。梦里的城市和那个他因工作关系而了如指掌的城市很相似，如果不是因为诸多孤立的细节，他感觉梦里的自己似乎就在巴黎。和很多别的梦境一样，他只能看到这个梦里的一些细节，而其余的都遗留在了那黑暗黏稠的预感之中。第一个细节是寂静。尽管街道上的动静比他所熟悉的那些城市要小一些，但梦境中的这个城市并未荒废。汽车、公交车、地铁和人们的行为几乎都和往常一样——也许是难以察觉地慢了，然而，却都是在一种异常的寂静中行动。我向诸位保证，梦里并没有发生什么特别的事情。正如我之前所说，那算不上一个噩梦。梦里，莫尔万在城里闲逛——准确地说，那并不是一座真正的城市，而是一系列不连续的城市图像，是一系列的动画场景，莫尔万则似乎从一个无处不在的、让人生疑的角度去欣赏这些场景——他既在这些场景当中，又在这些场景之外。城市里的人也没有很大的不同，但又和现实中的人不完全相同。而在这个对他来说极难确定的非常细微的差别中，也是这个梦最让人不安的其中一点，莫尔万似乎窥见了关于那些居住在现实城市中的物种的可怕事情。甚至在他和卡洛琳分开之前，他就开始做这个梦了。在他想要把这个梦境告诉妻子的时候，他发现，自己根本不可能说明白。随着梦境的造访越来越频繁，变得越来越神秘的并不是梦境本身，而是那几乎完全相同的重复。在他醒来的时候，他感觉那并不是一个不同的未知的城市，而是一个与其他所有梦境相同的城市。他没有想到的是，由于他对梦的坚持，那个城市正在他心中一个失落的地方崛起。也许是因为那不知是黄昏还是黎明的昏暗光线为所有事物染上了一层颜色，或是因为其他一些未知的原因，那些地方、楼房和纪念性建筑都无从辨认，而且显得不成比例，要比现实当中的略大或略小。整个城市——尤其是矗立在广场和主要角落的那些雕像——都难以辨认。其中一个雕像比莫尔万所知道的要大得多，因此，他应该可以轻易找到解释的，但他却还是无从得知那究竟代表了什么。那是人、动物、骑马雕像、半人半马、野牛、天使，或是猛犸象。石头的粗糙，也许还因为岁月的侵蚀，显示了这个雕像的古老起源，也模糊了它的意义。有些建筑也是如此。莫尔万很肯定，那就是一些神庙，但不知是为什么，建筑没有任何已知的外部标志，它们的大小也无法让他得出这个结论。那些建筑不是教堂，不是清真寺，不是犹太教堂，不是古希腊或古罗马的神庙，也不是金字塔，那是一些笔直的、几何形状的、扁平的、长长的常见的建筑，几乎都一模一样，都是些矩形的场地，有一条同样是长方形的更窄的廊道，廊道就靠着场地的短边。走廊上甚至没有门。莫尔万推测，走廊的黑色口子——也是长方形——是一个通往更大矩形的入口，或者说，是通向神庙的。根据建筑的大小和入口的尺寸，考虑到城市居民的身高，进入神庙的信徒大概不得不弯着腰，以免他们的头撞上天花板。也许是出于骄傲，也许是为了向信徒灌输保持谦卑的想法，居住在这里的神灵想出了这种建筑上的磨难。莫尔万喜欢在清醒的时候想象这些神灵，心中总会涌起像想起某个艺术家的虚荣心时的刻意的悲怆。那些神灵匍匐在扁平寺庙内的昏暗中，既不恶毒也不仁慈，只是从远处秘密地指挥着信徒的思想和行动。说实话，莫尔万在梦中看到的一切都不是特别可怕，他心中由此产生更多的是一种模糊却持久的反感，而非不安。严格说来，他心中那不安的感觉来源于那些本质上并非让人不安的东西，比如那过度的寂静，比如他无法理解所看到的东西和现实事物之间那差别所代表的含义。我必须再次指出，尽管这个被昏暗光线浸润的世界有些微的扭曲和有些让人难以理解，但这个梦境并没有什么特别的东西。在这个阴暗的城市里，只有一个细节让他觉得荒唐（且不说怪诞）。随着梦境的流逝，这个细节在他心中激起了讽刺的愤慨，而城市所隐含的暴行也依旧让人有隐约的威胁感。在这个城市里，纸币上画着的并不是杰出人物的肖像，而是神话里的怪物形象：小额纸币上的是斯库拉[1]和卡律布狄斯[2]，中等面额纸币上的是戈耳工[3]，而大额纸币上的是奇美拉[4]。他们身边是由交织的花环组成的椭圆形，仿佛是为了向他们致以敬意。图画印制得非常精美，在莫尔万摩挲着手里的纸币好仔细端详它们的时候，他问自己，

---

1 希腊神话中吞吃水手的女海妖，有六个头、十二只脚、三排利齿和猫的尾巴。若船只经过她的领地，她便要吃掉船上的六名船员。
2 希腊神话中坐落在女妖斯库拉对面像大旋涡的怪物，会吞噬所有经过的东西，包括船只。
3 蛇发女妖，是一种长有尖牙、头生毒蛇的女性怪物。戈耳工最早出现在希腊神话中，指的是三姊妹斯忒诺、欧律阿勒和美杜莎。
4 希腊神话中会喷火的怪物，有狮子的头、山羊的身躯和一条蟒蛇组成的尾巴，它的呼吸吐出的都是火焰。

这些吓人的生灵被印制得如此精美，是否表明他们就是城市居民在那刻意被建造得狭窄的黑暗神庙中弯腰崇拜的神灵。在图画那惊人的细节和椭圆形花环那俗气的装饰之间存在着明显的不协调。在梦中，莫尔万对自己说，这种旨在赞美那些也许迫使他们羞辱自己的怪物的原始审美，解释了城市居民那原始的心态和那不知为何充满威胁的思维。莫尔万心中的反感或许并非来源于梦境中与现实相异的奇怪元素，而是源自两个世界的相似性。这些相似之处意外地揭露了两者的差异，似乎以间接的方式暴露了他在清醒时从未质疑的某些东西。事实是，当他从这个经常毫无变化地重复的奇怪梦境醒来时，在接下来的一整天时间里，莫尔万都在一种奇怪的状态中，一种不知是因为远离还是接近而造成的轻微扭曲改变了他与事物的关系。只有到了晚上，在他像石头一般不受梦境打扰而沉睡到天亮后，前一天那压抑的怪异感才会消失。早上起床的他又恢复了活力和坚定，对热情和哀伤都无动于衷。

在过去的一年多时间里，他很是需要这种中立的心态。诸位都已经听我说过他在个人生活中的灾难了。而在职场上，他所遭受的动荡也不小。在过去的九个月里，那个执着的影子定期从他打盹的阁楼里出来，在一种荒谬的重复性的驱使下，以一种偏执的细致举行他的"狂欢"——每次案发细节都是一样的——留下了残忍而荒唐的血腥印记。

在暮色下那浑浊的光线中,他——不管他是"人"或是别的什么东西,我们总得给他个称呼——模仿着人类在长日将尽时的颤抖(尽管在几个小时后,新的一天又会随着黎明的第一道曙光开始),他出来"狩猎"了(如果可以这么说的话)。他的暴行和那完美且精心设计的作案手法都让人觉得不可思议,但他的狩猎目标尽是些无助的、脆弱的老太太。在那个冬日的下午,莫尔万站在特别行动办公室的窗边,透过梧桐树那光秃秃的枝丫,吃过午饭的他看着预示着将要下雪的白色天空。那个影子已经这么做了——诸位听好了——二十七次了。

那个犯下这些罪行的孤家寡人无疑陷入了精神错乱的泥潭。但为了实施这些罪行,他能够运用自己的狡诈、心理学和逻辑学等多种微妙手段,毫不掩饰自己在操控物质方面的精确的专业知识。这点从他完全没有留下任何作案或移动证据就能得到证明。他的行动里似乎隐含着对警察的挑战,那是很多自大狂罪犯所面临的经典诱惑。在伏尔泰大道上设立特别行动办公室之后,正如他们所说的那样,他的行动半径越来越短。因此,预计的犯罪范围已经缩窄到办公室附近。他最近一次行凶,也就是他的第二十七次犯罪,就于上周发生在距离办公室只有几个街区的地方。他仍是一贯地逍遥法外,手法纯熟得足以成为传奇。请不要把这些共通之处——疯狂和逻辑的混合,自大狂对风险的品味,对剧本和人物的坚持——归为我的故事的平庸,这是黑暗机制的平庸。它被那钢制的衬衫束缚得要窒息了,也许它也不知道为什么,自己不得不一次又一次地在那疯狂的灭绝计划中使用相同的肥皂剧情节。

正如我之前所说,最初的罪案发生在第十区和第十一区,但最后十八名受害者都居住在第十一区。为了方便工作,刑警大队的高层——当然还有内政部的高层——决定在伏尔泰大道上设立特别行动办公室,由莫尔万领导。他手下有一名信息技术专家、两名秘书、六名制服警员和三名便衣警察,即孔贝斯警员、居恩警员和劳特警长。和警察局一样,特别行动办公室二十四小时运作,在由市政府提供的宽敞公寓里,甚至还有两间可以用作睡觉地方的房间和一个被当作新闻室的厨房。公寓对面有一间在市政府附属建筑内的警察局,为其余的下级工作人员——警员、侦探、信使、勤务兵、助理等——提供大型车辆(如救护车)或电话,以及主要用于紧急行动的普通后勤物资。因此,莫尔万领导着一个我们可以称之为长期调查组的调查小组和一个快速干预突击队。同时,他还与许多法学家、线人、政客、精神病学家、社会工作者、医生、家庭协会、邻里委员会和记者保持长期联系。这些忙碌影响了他在孤独中的舒适状态，因此，他常常把曝光度更高的工作分配给其他人，如劳特警长。作为发言人，他在媒体面前的发言以及常在电视机上露面让他小有名气。我们可能很难想象，他们是如此截然不同的两个人——之后我会向诸位透露更多相关信息——然而，莫尔万却对劳特完全信任。说实话，多年来，劳特一直是他最好的朋友。但我不希望事先说得太多，现在，我们只需要知道，刑警大队安排的部署可能是整个欧洲大陆最现代化的，也是最能应对各种突发情况的。但在经过好几个月的运作之后，他们却一无所获。他们逮捕了五六名嫌疑人——说实话，是有点瞎抓的因素——在审讯后都立即被释放了。所有的控告——其中大部分是匿名的——都在查证之后发现是错误或是诬陷。在每次案发之后的第二天收到的那些报案电话要么是疯子打来的，要么是寻衅或开玩笑的人打来的。还有两三个可能读了太多陀思妥耶夫斯基的面容苍白的男孩，他们自愿被拘留。作为对他们想象中的罪行的惩罚，他们只是被送到精神病医院观察数日。不用说，报纸、电台、电视甚至电影——在第十二次犯罪和第二十次犯罪后匆匆拍了两部关于这个主题的电影——还有文学，包括散文甚至小说，都放大了这个事件本身已有的精彩效果。和莫尔万相比，劳特警长更善于交际。在几乎所有人看来，后者在道德上也更为灵活，因此，作为办公室发言人的他已经是全国甚至整个欧洲大陆电视观众所熟悉的人物了。他的相对主义——得益于他刚开始工作时在便衣警察缉捕大队学会的那些不光彩的手段——以及他那像电影中的警察般的体格——他是个赌徒，好色好酒，据说时不时还会为了克服疲劳而吸一撮可卡因——让他在公众面前具备亲和力。观众们饶有兴趣地吸收着他公布的信息，用友好的态度对待他，忽略了他以精确的措辞，充满法律、精神病学和警察术语的话语，并不时穿插着人性和安全考虑等家长式的口号，所传达的基本意思：经过几个月的时间以及人力物力的投入，调查没有取得任何结果。在那些冬日的夜晚，在有暖气的公寓里，雪花或冻雨徒劳地打在玻璃上，那些人穿得厚厚的，吃着用微波炉加热的速冻食品，带着毫无理由的宽慰和无穷的轻信，吸收着那些预先录制的公报内容。在其他时代，他们曾经生而为人。而如今，他们变成了单纯的消费者，变成了跨国信用体系的计量单位，变成了电视观众的零头，变成了广告时段那社会学和数字特征的对象。电视里劳特警长那幻觉般的影像让人感觉电视机仿佛下一刻就要瓦解，他似乎通过磁屏在每个人的耳边喃喃细语。和他那个时代的所有知名人士一样，劳特知道，这片大陆上的居民——无疑也包括其他大洲的居民——混淆了世界与那用电子及语言呈现的群岛，因此，无论在过去被称为真实的生活里发生什么——即便仍有什么发生的话——只需要知道如何造作地把那些概念说出来，每个人就会或多或少感到满意，感觉自己参与到了事件的改变当中。劳特或许看了太多的警匪片，模仿当中经典形象的行为举止，以至于他的警察气质过于显眼，进入某个空间时的脚步过于坚定，审讯时的耳光也来得过于迅速。尽管他是个相对主义者，尽管性情过于活泼，尽管他在便衣警察缉捕大队工作时有一些不光彩的交易——他们有一条不成文的高效工作的黄金律，就是警察和罪犯的行为方式必须一致——但劳特既具备洞察力，又能作出准确的推理。虽然他有时会用修辞上的微妙之处加以掩饰，但他能够清楚地分辨善恶。如果有时他明显地忽略了那些细节，那大概是因为他想以间接的方式诱导别人思考，他这种表面上的忽视是故意的，目的是以更迅速的方式获得小心翼翼的莫尔万迟迟不能得到的东西。然而，作为警察，他们有一个共同点：在刑警大队度过的岁月使他们习惯了本能地给犯罪分级，因此，他们忽略甚至丝毫不考虑那些中小罪犯，而把所有的精力都投入到大罪犯身上。很多人认为那种过度的热情是出于职业的严谨，一小部分人——也许是更敏锐的人——将它归咎于内心的痴迷。

虽然他们已经习惯了跟大罪犯打交道，但经过了这好几个月，对于正在找的这个人，这两位专家中的专家似乎没有任何关于此人的参考信息，甚至连他的名字都不知道。本世纪以来，从没有人杀了这么多人，也没有人行事如此有风格，能有如此毅力，如此残忍。他的工具是刀子，他的手法并没有外科医生的灵活微妙，而是如屠夫一般的快速残忍——想想都让人毛骨悚然。更让人厌恶的是，他只针对那些手无寸铁的独居老妇。而他在这些屠杀中的感激之情也显而易见——受害者的财产都无一例外地原封不动，与此同时，所有细节让这份疯狂变得深不可测，让人不安。但是，相信我已告诉诸位，此人似乎一直不缺狡猾和理性。在他到过的那些被疯狂和血腥玷污的小公寓里，找不到一丝可以用来辨认他的痕迹。那个人——或别的什么东西——在完事之后便消失了，仿佛他在恐怖中所达到的完美已经让他成为仅存于他所创造的宇宙中的造物主。从他的待人接物来看，他应该是有说服力的，很大可能是态度友善、衣着得体、彬彬有礼的，否则就无法解释为何那些老太太对他产生了信任，在全城尤其是案发附近地区都发出了警示的时候仍让他进屋。劳特或其他发言人每次在电视上出现时——犯罪的节奏几乎是每周一次——都一脸严肃，有时甚至是恳求地重复着这些口号。但从这个角度看，当局的口号没有产生任何效果。他可以轻易地在众目睽睽之下进出公寓，而矛盾的是，并没有人注意到他。因此，那些每天为老人打针的护士，每天下午下班时候送货上门的超市送货员，那两三个上门看诊的医生，甚至还有两个小白脸——他们常常勾搭老妇人，和年龄相仿的男性皮条客一起找妓女，已被警察登记在案——看上去都很可疑。还有一个挨家挨户地推销百科全书的销售员，他用让人眼花缭乱的玻璃般易碎的论据来包裹妇人们已经相当迟钝的思维，轻轻松松就签下合同，让她们购买《世界报》所说的"以最聪明的方式概括了当代知识的二十四册书"，他在特别行动办公室里待了好几个小时，在因其独特的商业手法而被扇了两个耳光、被劳特警官狠狠威胁之后，才重获自由。这种大范围怀疑的最近一个受害者是一名征税员。为了打击逃税漏税行为，他的任务是在每天晚餐时分突击造访公寓，检查他们是否有电视，是否缴了应缴的税款。但对他的审讯并没有任何结果：那人脑子里的想法根深蒂固，但他想的不是那些老太太，而是逃税漏税。在特别行动办公室里，冒出了一个个假设，它们在一段时间内勉强能站稳脚跟，但很快就分崩离析了。

那些老太太似乎是以无比坦诚的态度热情接待她们的

刽子手的。在不少情况下，公寓里总有一瓶酒和两个空杯子，证明那场屠杀之前有一场平静的对话。猎人和他的猎物之间笼罩着信任的氛围，因为用作凶器的刀子几乎总是妇人家里的，而在几个案件中观察到的迹象表明，是受害者自己心无杂念地去厨房拿器具，把刀子交到屠夫手里的。有时，凶手不惜使用酷刑，为了不让受害者叫喊，他会用一块胶带或破布塞住老太太们的嘴巴。他剥光了她们的衣服，在她们还没断气的时候用刀切割她们的身体——伤口流出的大量鲜血和打击留下的瘀青可以证明这一点。在某些情况下，受害人曾邀请他一起用餐，桌上留下的半瓶勃艮第红酒可能是他带来的。为了感谢女主人们和他一起度过了欢乐的时光，在割开她们的喉咙或斩下她们的脑袋后，他会切下她们的眼睛、耳朵或乳房，并把它们整齐排列在桌上的小盘子里。强奸并不总是在受害者死后才发生的，在某些情况下，调查人员在受害者的阴道和口腔发现了精液的痕迹，这似乎表明受害者在灾难发生前就已经心甘情愿地臣服于访客的阳刚魅力。这个可能住在同一个街区的男人，竟然有能力静悄悄地走出家门并且犯下这些罪行——有时一周多达三次，有一次甚至一晚内就发生了两起案件——在消失得无影无踪之后，他竟然可以又一次融入那无边的阴影中，在那嗜血的反复谵妄的驱动下，这个影子一次次地举起了屠刀。这当中肯定有什么让人震惊的因素。有的假设认为，凶手不止一个，或屠夫与同伙一起行动。但这都是不可能成立的。原因有二：第一是心理学上的原因，在广义上来讲是美学原因，因为在这二十七起犯罪中，能轻易察觉其中的个人色彩；第二是道德上的原因，也是对莫尔万来说最重要的原因，因为两个同伙在犯下这种罪行后，不可能继续在接下来的日子里当着对方的面，过着正常的生活。人们说，没有人可以直面太阳和死亡。那在光亮背面里涌现的无名的扭曲，似乎在一面暗淡的移动的镜子那无底且愈加昏暗的平面上混乱地舞动着。然而，面对这一扭曲，人们宁愿视而不见，让自己被事物厚重且闪闪发光的外表所哄骗。而这些缺乏更微妙的名称的事物，我们继续称之为真实。

诸位大概只有像我一样在这个街区待过，才能发现这个地方在这几个月里的气氛：警察一直处于警戒状态，任何一个中年男子都有可能被截查——尽管这没有丁点儿用处。狡猾与疯狂的结合，近在咫尺的案件，与别人——特别是受害者——几乎是不由自主的合谋，这都似乎是逻辑、警察调查技巧、错误和惩罚所无法企及的范围。每天早上，莫尔万都会把前一个晚上部署在城市的网收回来，但网中空空如也。除了精子和头发——实验室对它们反复分析，但毫无用处，因为没有任何东西可以与之比对——以外，在屠杀过后的现场，并没有留下任何物质证据。莫尔万和全城警队在寻找着的，与其说是一个人，还不如说是一个合成的理想形象，完全由推测的特征组成，当中并没有任何实证元素。每个人都或多或少地同意莫尔万的观点。他认为，这是一名正值壮年的男子，在三十五岁到四十五岁之间；应该有做运动，因为他拥有优于常人的体力；他可能独居，否则他在夜间的外出可能会引起亲属的怀疑；因为他的行踪与二十七起案件均有重合，所以如果他有亲人或朋友的话，他们不可能不怀疑。实验室证实了他那健硕的体格：有几次，实验室分析得出的精子数量和射精点证明他在若干小时内连续达到了数次高潮。至于力量，他的用刀方式揭露了这名屠夫身上的肌肉和切割的精准：他不仅仅拿刀子刺，还会割、砍、切、开、分，把肉体撕碎。无论多么微小，每一个暴力行为都是凶手疯狂的体现。但这个人——或别的什么东西——的疯狂，并非体现在其对谋杀的喜好上，也非体现在他无休止地重复谋杀的倾向上，而是体现在他用来"装饰"（如果可以这么说的话）犯罪的细枝末节上。犯罪足以表达其仇恨，但他所部署的那些私人仪式是超越仇恨的。在那个与表象世界相邻的世界里，每一个行为、每一个物件和每一个细节，都占据了准确的位置，不断提醒着我们那疯狂背后的逻辑，那是只对设计了这个体系的人来说有意义的、无法翻译成任何已知语言的逻辑。我们已经看到，良好的外形和诱惑——一言以蔽之，一个令人愉悦的真诚的人——是如何轻易地让受害者为凶手开门，为他送上一杯烈酒或是一顿晚餐，之后还亲自去厨房将那把后来割开自己喉咙的刀交到他手上的。根据实验室的报告，在她们屈服于对方的性侵行为时，有些人甚至绝对是活着的。他来自附近的街区，这一点可以通过在地图上跟踪他的行程来证明。在第十区发现最早的几起案件之后，所有的案件都是在第十一区发生的，案发地点所在的空间渐渐缩小为市政府和莱昂-布鲁姆广场附近。这表明，他和受害者距离很近，让他能够满足将他带出黑暗洞穴的杀人冲动。这也表明，在他碰到第一个符合他打造的疯狂模式的对象时，他立马表现出一贯的凶狠。因为这冲动以及与目标相遇的随机性，对街区里的老太太来说，他也成为一个类似命运中公正或中立能量的存在。

莫尔万手中有备份档案。每每有新材料，他都会复印好，放到自己家中的资料夹里。当他不在办公室留宿时，他总会研究这些材料，有时甚至通宵达旦，还会把休息日都花在这上面。从好几个月前开始，只要他醒着，他的眼里就只有这个距离他异常接近却又无法捉住的影子,这个影子在夜间出没,有条不紊地进行令人晕眩的袭击。在十二月的下午,从餐厅回来的他站在窗边,透过办公室冰冷的玻璃和梧桐树那光秃秃的枝丫,略带焦虑地看着快速降临的夜幕为灰暗的白昼画上句号。天色越来越昏暗,尽管商铺从早上就亮着灯,白色的天空预示着即将到来的大雪,但矛盾的是,这一切反而更突出了低空处的黑暗。莫尔万对自己说,正如他之前多次所做的那样,当夜幕降临时,他也许会不慌不忙地从那不规则的厚重阴影中走出来,在广场附近那些几乎荒无人烟的街道游荡,带着脸上那普通而懒散的表情寻找猎物。他会以一种自然且熟悉的方式去接近她们,而在这种危险时刻,妇人在他脸上看到的不是威胁,而是一种意料之外的、阳刚而温暖的保护。为了避免过早失去他的陪伴,她还会邀请他到公寓做客,让他坐在扶手椅上,给他端一杯酒,甚至备一桌好菜。而在某个时刻,他会以某种借口,比如上洗手间,把自己脱个精光,好避免让衣服沾上血迹。他会在浴室或者卧室仔细地叠好自己的衣服,以便之后能打扮得一丝不苟地上街。然后,事先经过了厨房的他会浑身赤裸地回到客厅或饭厅,准备开始干活。在很长的一段时间里,他会用刀子或小锯在赤裸的身体上工作,他可以把头部和躯干分开,或把四肢、乳房或耳朵切下，或挖出她的双眼，小心翼翼地把它们放在桌上或某个架子上的小盘子里，或者，他可以从下腹部开始，剖开身体从耻骨到肋骨的部分，把器官扯出来，再将它们分开，铺开，用刀尖或被手套裹着的手指翻弄它们，像是在那团神秘的仍然温热的组织里寻找着某个秘密的解释或是某个巨大幻影的原因。在他厌倦了挖掘和为他那疯狂的梦想寻找真实材料时，他会任由手中的刀子跌落，洗个澡，重新穿上衣服，以专业的眼光观察公寓的每一个角落和缝隙，确保没有留下自己来过的痕迹。之后，他会在门口停一会儿，转过身来，或是匆匆地扭头最后看一眼公寓，那甚至不是出于谨慎，而是因为陌生感，他眼中或许带着冷漠。或许是因为没有看到他经过所留下的痕迹，这一切仿佛发生在一个与表象相邻的宇宙，一个连意志、因果、理性、空间、时间和感官都无法进入的宇宙。只有在那个时候，他才会干干净净、梳洗整齐、穿着得体、平静且不慌不忙地跨过门槛，从外面静悄悄地把门锁上。他把钥匙放进口袋，看上去又变得跟我们一样了。

"如果真的很冷,那喝下去之后这里会很疼。"托马蒂斯一边说着,一边用右手的拇指和中指按住两边的太阳穴,食指斜向上伸展,似乎想要指向什么即将从上方降落的东西,而挡在眼前的无名指和小指微微弯曲,反而指向下方。

皮琼[1]没有再说话,好让侍者把今晚他们点的最开始的三杯啤酒放在桌上。听到这话,他悄悄地瞄了托马蒂斯一眼,眼神带着不解和怀疑。他感到不解,是因为托马蒂斯的这番关于啤酒适宜温度的话表明他对自己之前一直在讲的故事毫不在意;他感到怀疑,是因为在他看来,托马蒂斯以阐明条款般随便且确定的语气说出的那番论调是一种纯粹的主观判断。让他感到困惑的另一个原因是,这个作

---

[1] 皮琼,西班牙文为"Pichón",意为"雏鸽"。

为啤酒之都的城市虽然曾经盛产啤酒，近年来却日渐衰落，但他没有想到，托马蒂斯竟是这个城市曾引以为傲的规则——民俗意义上的规则——的追随者。皮琼有点吃惊，他想知道，两人这么长时间没见，一直待在这儿的托马蒂斯有否沾染乡下人的优越感呢？在他正要失望的时候，喝了一大口酒的托马蒂斯将几乎空空如也的酒杯放在桌上，脸上露出自相矛盾的满意神色。他一脸坏笑，说："这一直都是西方世界里最糟糕和最冷的啤酒。"

"你说得太夸张了。"皮琼松了一口气，高兴地说道。

第三个客人有点被皮琼身上的巴黎光环给吓到，但显然很高兴能一起共进晚餐，脸上露出腼腆的微笑。他脸上是一把乌黑的络腮胡子，喝下第一口酒后，在胡子上留下了白色的泡沫。两周前，托马蒂斯把这个人介绍给皮琼："马塞洛·索尔迪。对朋友来说，他就是个小木偶。富二代，二十七岁时就是共和国土地上对文学了解最多的人。"这段介绍不乏讽刺，但初次见面的两人都能在其中找到让自己满意的理由。首先，他们是通过托马蒂斯而认识对方的，在他们看来，这已经保证了大家可以相互理解，并在皮琼逗留在这个城市的余下几周里进行友好对话了。另外，他们都对在华盛顿的文稿中发现的那著名的匿名文件——即历史小说《在希腊帐篷里》的八百一十五页印刷稿——感兴趣，对他们来说，那也是双方认识的一个更重要的原因。除了一同玩乐和世俗的因素以外，还有一些实际的原因。要是能在欧洲——尽管托马蒂斯说起欧洲时总是语带嘲讽——待上几年，索尔迪绝对不会感到抗拒；如果有机会的话，他不会拒绝皮琼的提议，好实现他的目标。而皮琼呢，他从托马蒂斯口中得知，索尔迪有个疼爱他信任他的父亲，所以他不仅有一辆车，还有一艘可以随时使用的游艇。皮琼想，如果索尔迪主动提议的话，他也能利用他的车或者船，在剩下的几周里走陆路或水路去远一点的地方走走。也许也是因为距离遥远，在他离开家乡那么多年以后，那些地方对他来说简直就像传说故事。

虽然已经是三月二十六日了，但天气还是很热。由于几周以来温度的不断积累，夏天似乎变本加厉，迟迟不肯离开。那是一种潮湿的炎热，有点令人窒息。尽管身体并不疲倦，但你也能感受到头脑发热，像是循环不畅。起床后，炎热和大汗淋漓的黎明，加上晚上睡得不好，你会感觉白天就昏昏欲睡，清醒时也是迷迷糊糊的，头脑似乎笼罩着灰色的雾气，那流动着的透明一触即碎。

皮琼选择在三月出行，正是希望避开盛夏，同时又能享受最后的夏日时光。他忍受着那炎热的几个星期，心中有些微的恐慌，又有些矛盾的、隐秘的满足感。他迷信地担心身体无法承受如此高的温度，但这又给他增添一丝作为地球生物的骄傲，一丝不可告人的、稚气的骄傲——与他在几分钟前察觉到的托马蒂斯对啤酒的感觉很类似。高温和高湿度，正午时分蓝色天空中流淌的气流，还有那仿佛在锻炉里的草原，似乎都印证了他那懒散而且有些幼稚的信念：他来自一个独特的地方，这个地方的特征亘古不变，与根据它们自然形成的那些神话若合符节。在外国居住了那么多年，这个想法已变得模糊。

对他来说，即便是最简单的动作，也要耗费巨大的力气。只有在早晨，当他醒来时，意识到自己回到这座城市的想法才在他心中激起一阵短暂的兴奋，诱使他跳下床。但在冲好马黛茶后，那飘浮的软绵绵的意志力又重新出现，持续一整天，直到晚上几杯酒下肚，这种感觉才慢慢消失。又去环游欧洲的埃克托尔把自己的工作室留给他，让他住下。那是一个白色的大棚屋，很是舒适，布置得既清新又简约，和主人的几何单色风格很相近。皮琼总是想，他的老朋友精心地为这些几何图案上色，把它们当作一堵墙——可能是一堵幻想中的墙——用来阻隔噬咬自己内心以及在外部世界鼓噪的那分散的无尽混乱。

工作室离市中心很远，让他有机会可以走走路。但那残酷的光线不经意地给人一种灭亡甚至谵妄的感觉，他只能在清晨、傍晚和晚间时分,到那些他曾经熟悉的街道上走走。但现在,他发现,尽管这些街道若有若无地吸引着他,他心中还是浮现一丝陌生感。几个月前,当身在巴黎的他决定旅行的时候,那些实际的事务——出售家里为数不多财产,加托[1]失踪,母亲也刚刚去世,此后,除了两三个朋友,那些财产就是他与那个城市的唯一联系了——让他得以掩饰心中的感伤和不耐烦。直至上飞机前一周,他还只能用葡萄酒来麻痹自己的焦虑。但是,在度过了飞机上那虚幻的几个小时后,当漫步在布宜诺斯艾利斯时,一种弛缓——如果这不算是漠然的话——占据了他。那是一种没有预期情绪的状态,又或是太期待了,让他远离那个被迫旅行的游客身份,去感知那些人、那些地方和那些事物。诚然,他不是独自旅行的。他那十五岁的大儿子和他一起,而那种持续的新鲜感则让他的感觉变得更加匮乏。情感与经验仿佛是互补的,它们互相修正,而也许是因为各自拥有与另一方矛盾的特性,所以在两者混合的时候,它们会互相削弱——就像酒和水一样。在安顿下来几天后,皮琼注意到一个有意思的变化:他的儿子似乎更好地适应了环境,明白如何更好地享受逗留在那个城市的日

---

[1] 加托,西班牙文为"Gato",意为"猫"。

子,而他在这儿出生,在这儿度过了人生的大部分时光,却像一个外地人一样,用破碎且犹豫的目光看待这个城市。托马蒂斯的女儿阿莉西亚与他的儿子年龄相仿,在她的陪伴下,儿子似乎没有足够的时间去参加所有活动——游泳、跳舞、散步、派对、郊游——更不用说睡觉了。在深度睡眠后,他醒来时似乎总是神清气爽,意志坚定。而对他的父亲来说,尽管他重遇了很多好友,也知道了许多新消息,但那几个星期就像是一股无休止的、复杂的滚烫热流,在白天那缓慢的旋涡中,似乎再也没有时间这一维度:世界就像是一团黏稠的东西,在不知不觉中解体;被困在透明果冻中的人不仅没有一声抗议,而且似乎渐渐接受了那唯一的可能选择——沉沦。

在重逢的头几天,托马蒂斯偷偷地仔细研究了他。自从决定旅行后,皮琼一直从巴黎给他打电话,好敲定旅途的细节。尽管如此,一下飞机,皮琼还是在布宜诺斯艾利斯给他打了电话,说自己三天之后会到这座城市,托马蒂斯则提了点建议,告诉他应该乘坐的巴士和发车时间表。因此,在三月初的一个炎热傍晚——那时仍是夏天——在女儿阿莉西亚的陪同下,托马蒂斯在汽车总站29号站台等着他,口袋里那紧张的手指把埃克托尔去欧洲之前托付给他的钥匙弄得叮叮作响。当皮琼出现在大巴门口时——他们已经多年未见了——两人迅速地交换了一个几乎是秘密的微笑，眼中的笑意比嘴角的更加明显，就像是在深沉的黑夜中的一道闪电，让人在一瞬间看到掩藏在漆黑中的景象，那景象只在视网膜上停留了几秒，却永远地刻在了记忆当中。尽管两人相隔遥远，多年未见，尽管有着信件和电话中无法容纳的东西，但两人都在双方的形象和一种心照不宣的亲密中看到了对自己的了解，也看到了自己对另一个人的了解、想象和预感，那是他们一同挥霍的日子、星期或者年头，是失落的情感，是孤独且盲目的斗争，是沮丧和喜悦，还是那坦率明亮的笑声和那苦涩的泪水。

托马蒂斯心中夹杂着好奇和关心，不时小心翼翼地想要试探对方，却没有得到什么了不起的消息。在见了几次面之后——他们几乎每天都见面——两人对话题的直接兴趣、互通消息时的生动和聊天时的乐趣，以及他们重拾老习惯之快，都让他对皮琼平静且清晰的目光、缓慢且精致的句子、有分寸且深思熟虑的笑声以及或短或长的停顿背后所隐藏的东西失去了兴趣，它们都没有透露出藏在他那无底洞般的神秘内心中的特别的东西。托马蒂斯最后得出结论，在某种意义上，这是一种礼貌。他认为，或至少他希望，皮琼对他的举止也一直有这样的想法，因此，为了避免让对话者淹没在抱怨、倾诉或过于痛苦的争论之中，他选择了一种慵懒且诙谐的世俗的态度。

两人都没有提出建议，也没有询问对方的意见，几乎是凭着本能决定既来之则安之，当事情如幻觉般接连出现时，就一个一个去解决它们，以冷静的注意力衡量它们，让它们遵循自己的发展轨迹。到了这个年纪，现实以最意想不到的方式让他们明白，当下就是所有可能世界中最好的世界。在他们看来，青春似乎留在了一个古老的神话般的区域，比那些在其他轻飘飘的、转瞬即逝的时代飘浮在空中的神灵所在的维度更加遥不可及。那是一个完结了的边缘地带，闪闪发光，经验和记忆都无法进入。尽管如此他们活着的每一分钟都像游戏般让他们更接近虚空，但在那儿，一切的经历、思想和记忆，上至宇宙意志，下至最难以想象的微小粒子，都会经历这两者之间的所有变化。尤其是在这个三月末的炎热晚上，两人都给人一种感觉，他们是坚实的，无忧无虑的，懒散却健康的，都专注于眼前的事情，就像是正在做高难度手术的外科医生、准备起跳的运动员和喝下一口清凉的葡萄酒的西巴利斯人。

索尔迪——正如托马蒂斯之前介绍时所说，朋友们都唤他作"匹诺曹"——也在过去的两周里一直观察着他们。早在两年前，在他初识托马蒂斯的时候，就常听他说起加拉伊双胞胎，其中一个在八年前消失得无影无踪，另外一个则是在二十多年前就移居巴黎了。据托马蒂斯所说，两兄弟长得一模一样，人们老是把他们弄混。而他们呢，或是想要开玩笑，或是出于一些更隐秘的原因，心照不宣地用一些微妙的方法来让大家更加混淆。因此，现在，他认识了双胞胎中的其中一个，在索尔迪看来，这两人都已经通过他的经历进入了他的想象当中，同样的困惑也沁入到他的想象之中，或许直到永远。而那个不可想象的重复实体中仍然存活的唯一标本，在这么多年来，仍知道如何在城市中的日光中穿行。对索尔迪来说，在听到托马蒂斯谈论他们时，这就像是一个代表了双胞胎中任何一人或甚至两人的事实参考，他们像是一个展开了的同样的形象，而并非两个自主的不同的生命。

有时候，他听着托马蒂斯和皮琼的对话，虽然他们说的每一句话都让他觉得很高兴和感兴趣，但在他独自一人的时候，他还是不得不再度解读这些话：在听他们说话时，他认为他们的判断是准确的。但在随后的几个小时或者几天里，他会将它们拆解成一个个简单的元素，严格地去审视每一个元素。这两个四十多岁的中年男人——说实话，他们已经快五十岁了——平静却语带讽刺，他们的陪伴确实让他很开心。或许也是因为这个原因，他察觉不到两人对话中的那些习惯。尽管他与两人的关系建立在平等的基础上——尤其是与托马蒂斯，从两年前认识他以来，两人几乎每周都会见面——但索尔迪还是觉得，自己察觉到两人在跟他说话时会不自觉地改变语气，他们的句子也稍微变得更加清晰明了；而两人交流时的话语则是更为省略，彼此间心领神会。然而，世上没有任何东西可以让他放弃他们的陪伴，没有任何东西——或许除了一个美丽的女人，最好是比他大得多的女人，像青年时想象的饱满而成熟的女人，传说她们有无限的性智慧，可以将暗黑的魔法注入到肉体接触中，带来难忘的秘密体验。

"尽管他叫索尔迪，有很多钱，但他真的是一名唯名论者。"在介绍两人认识的那天，托马蒂斯如此对皮琼说道。为了再次表达他的赞美，他补充道："他是一个有力气的思考者。"

他对这种略微夸张的赞美感到很满意，也很感激托马蒂斯，因为他没有忘记自己希望到外国——美国或者欧洲——待一段时间好学习文学理论，也记得自己对皮琼的来访所抱的希望，后者可能能够为他的计划助一臂之力。他固执地想要实现那些目标，并不是出于职业的雄心壮志，而是出于信念。这似乎让托马蒂斯心生怀疑，也暴露了索尔迪身上的天真。他单纯地认为，只要学会那种关于创作的详细且确定的科学，他就能明白这些神奇的文字链自他识字以来带给他的神秘的崇高感。家族财富给他带来的相对自由,却并没有促使他去增加财富,或者到处旅游,也没有让他希望成为社会上的名流或成为汽车经纪人——他的父亲阿尔多·索尔迪业务众多,其中一项就是代理一个德国的汽车品牌——反而让他沉浸在对文字的奇怪迷恋中。这份迷恋从出生时就与他最深处的皱褶紧紧交织在一起,现在他已经无法摆脱这个像咒语一般坚定的信念:那个能够解开这些混乱组织意义的工具,同时也是他理解自身——即便是以零碎的方式——的钥匙。

还有一件事情引起了索尔迪、皮琼和托马蒂斯的兴趣。八年前,华盛顿·诺列加去世,几乎是同一天,加托——也就是皮琼的孪生兄弟——失踪。华盛顿的女儿叫胡利娅,之前搬去了科尔多瓦[1]。在父亲去世后,胡利娅离婚了,搬进华盛顿在林孔诺德的屋子。尽管她与父亲的关系一直不好,但在华盛顿去世后,彼时已经五十多岁的胡利娅把自己的生活安排得跟父亲的一模一样——当然,那是不自觉的——包括那些她曾经责备父亲的事:她与丈夫分开了,独自一人住在林孔诺德的房子里,家里还有一个清洁女

---

[1] 阿根廷二十三个省份之一,位于阿根廷中部,首府是科尔多瓦,是阿根廷第二大城市。该省份是阿根廷的经济大省,是中部地区的重要交通枢纽,也是阿根廷文化中心之一。

工，靠退休金和一些零星的医学书籍翻译工作过日子。她的孩子都长大成人了，甚至还给她生了孙子。就像华盛顿与她在一起时一样，她和他们不常见面。在父亲生前，她一直与他保持距离，而且从不放过任何批评他的机会。但在父亲死后，在她搬进这所房子时，她对父亲产生了一种迟来的崇拜，甚至到了虔诚的地步。她想要对父亲的文件和书籍进行编目和整理，屋子与华盛顿生前无异。她与父亲城里的老朋友——托马蒂斯、马科斯·罗森伯格、奎略等其他不怎么亲密的朋友——表面维持着正常的关系，实际上却错综复杂，因为她似乎无法掩饰心中那种对过去的嫉妒，内心认为他们应当为自己与家人的恶劣关系负责任。罗森伯格和胡利娅的年纪相仿，就以一贯的耐心来处理这件事。托马蒂斯则是在华盛顿夫妇离婚后才出生的，和他们的家事一点关系都没有，但他还是偶尔会讽刺一下这件事，以外交官般的恶毒技巧来处理它。但奎略呢——他曾是华盛顿最忠实的朋友，在华盛顿生前一直陪伴着他——在胡利娅搬进林孔诺德的房子后，就跟她决裂了，在别人面前说起她时，总是称她为"那个女人"。

大家都很关注华盛顿的文件。胡利娅把那些散落在书中、笔记本、抽屉和文件夹的纸张收集起来，还有那些零散的和那些装在包裹里的布满灰尘的纸张，想要把它们整理好。但她是学医的，对文学或哲学没什么了解。她不想承认自己的工作并没有太大进展，但由于她对华盛顿的老朋友心怀复杂的感情，她也拉不下面子去请他们帮忙：要是他们当中的某个人向她提出建议，她总会以含糊的借口拒绝。这种情况已经持续好几年了。直到有一天，索尔迪——在那之前托马蒂斯从来没听过他说话——来到他家，说是要"讨论文学问题"。显然，索尔迪是作出了很大努力才下定决心按响门铃的，因为说完这句轻率的话后，他一直保持沉默，努力向对方展示那黑胡子之下的微笑。尽管托马蒂斯说"除了这个，其他都可以"，但他还是让索尔迪上了楼，两人在露台一边聊天，一边喝着马黛茶。之后，他们还一起在市中心的一家餐厅用晚餐。到了第二天，两人已经建立了信任。几个星期之后，托马蒂斯突然想到了一个点子。用他自己的话说，就是把索尔迪送到林孔诺德那儿当"双面间谍"。他想，索尔迪不属于华盛顿密友的圈子，没有那臭名昭著的前科；而她呢，被父亲抛弃，在科尔多瓦枯萎，胡利娅可能会更容易地接受他。事实也确是如此。她上钩了，托马蒂斯如此说道，一边摩挲着双掌。索尔迪太过谨慎，也太过忠诚，无法卷入双方的阴谋当中。托马蒂斯假装反对，内心却是同意的。索尔迪开始认真处理那些文件，尽管没什么效果，但他也没有火上浇油,还是试图让大家和好。他太诚实了,所以人们都不敢信任他。托马蒂斯如此想着,被自己的笑话给逗笑了。每逢周五,索尔迪就会去林孔诺德,一整天都在整理华盛顿的文件。在去了三四次之后,在一个带有写着"他人未出版文稿"的手写标签的箱子里,索尔迪发现了他口中的"匿名文件"(而非手稿)——几乎所有人都立马使用了这个称呼。

只有两件事是确定的。第一,所谓的匿名文件是一份复印件。第二,小说标题"在希腊帐篷里"的出现晚于1918年,因为正是在那一年,塞萨尔·巴列霍[1]写下了同名诗歌,而文稿的标题也取自这首诗。现在已经过去七十年了,索尔迪和其他人明白,他们要在前四十年或者前三十年里,在那三十年的茂密丛林中寻找这部小说创作的星期、月份或年份——年份也是最有可能得到证实的假设。至于小说作者,文稿中还没有任何相关信息。首页上的标题是用大写字母写的,加了引号,就在纸张上方的中间,纸上还有八九厘米长的空白。标题的上下方都没有写名字。之后,以单倍行距和窄页边距的格式,开始了小说的正文。全文格式都是这样,在八百一十五页之后,文稿以

---

[1] César Vallejo(1892—1938),秘鲁诗人,父母皆有印第安血统,一生贫困,思想激进,诗歌具有浓郁的超现实主义色彩。

开头的省略号结束，所有文字都排得密密麻麻的。小说的主题是特洛伊战争，地点是斯卡曼德罗斯河边的平原上被围城市的城墙前，也就是希腊军营的所在地——正如小说标题如历史记录般严格描述的那样。每一页讲述的故事都在营地里发生，整整八百一十五页，无一例外。小说的叙事者一次都没有进过特洛伊城。尽管小说是以特洛伊人打开城门、迎接木马为结尾，但这一幕仅由一位老兵从远处看到，他也并不知道自己的盟友所设计的骗局。特洛伊人只是些小小的如幻象般的人物，他们沿着护栏、塔楼和城墙在远处徘徊。偶尔会有一支无声的箭从平原上某个地方窜出，射向城墙。在叙事者看来，和其他事物一样，特洛伊也是一个既近在咫尺又遥不可及的存在。

这部文稿的出现在华盛顿的朋友中引起了极大的轰动，这八百一十五页中包含着重重谜团，其中最难以破解的就是作者的身份。女儿认为，这是她父亲的作品，但在华盛顿口中，小说家这词儿总是带有些贬义的色彩。胡利娅把这份文件放在一个金属箱里，既不允许它离开林孔诺德，也不允许别人复印。这就让情况更加复杂了。索尔迪是第一个获得授权阅读这份文件的人，经过了艰苦的谈判，托马蒂斯和马科斯·罗森伯格也能读到这份文稿。三人都对这份文本很感兴趣，但他们也对作者身份和大致的创作日期毫无头绪。他们唯一的头绪就是关于那台用来誊写手稿的打字机，那台打字机的字号特别大，应该是二战前的型号。这八百一十五页都是用同一台机器打的，因此这台机器的性能应该是不错的。但从文本的第一行开始，一些校准不良的键把字母打在了比假想中的横线高一些的位置。在某些部分，因为使用的是双色色带，很多字母的上半部分都是黑色，而下半部分则是印刷不良导致的褪色的红色。如此看来，这台打字机应该已经用了很久了。

至少从一年前开始，通过托马蒂斯寄来的信，皮琼已经知道了这部小说的存在。在巴黎的时候，他常常猜想作者的可能身份，猜想在城市或农村，或世界上什么地方，是否仍有其他尘封在衣柜或行李箱深处的小说副本，甚至是否还有与小说同时代的人活着，可以来解开这个谜团。在到达的几天之后，在与托马蒂斯的对话中，他们详细地聊了这个问题，一致同意要去林孔诺德，看看皮琼许久未见的华盛顿的房子，顺便看看那份"匿名文件"。得益于索尔迪的协调和帮助，也多亏了索尔迪父亲提供的交通工具，他们才实现了这个计划。

这正是他们在过去的一天里所做的事。索尔迪原本说要开车载他们，但就在定好行程的第二天，他就打电话给托马蒂斯，他说，如果托马蒂斯和皮琼愿意的话，他们可以坐船走水路，而不是开车走陆路去华盛顿那儿。于是，在那天早上大概十点钟的时候，在热气开始变得让人难以忍受的时候，托马蒂斯、皮琼、阿莉西亚和小弗朗西斯科（皮琼的儿子，城里的新朋友是这么唤他的）在湖另一端的游艇俱乐部入口碰面，而索尔迪和一名船员已经在那儿等了好一会儿了。在岸边的蓝桉树下，索尔迪父亲的"红宝石号"正恭候他们的到来。船员已经解开了用来保护它的防水布。在这个炎热无风的早上，"红宝石号"船头朝着陆地，船身随着水流的节奏缓缓地摇动。这艘船是白色的，既干净又宽敞，中间是一个驾驶舱，船尾有一个绿白条纹的遮阳篷，船舱厨房的角落里有一个冰箱，皮琼、索尔迪和船员把野餐所需的所有东西都放了进去：水果，熟鸡蛋，奶酪，火腿，水，汽水，沙丁鱼，还有罐装啤酒。他们坐在遮阳篷下的凳子上，看着自己离开坚实的陆地，感受着水面的流动，心中怀着一丝兴奋，等待着游艇起航。游艇缓缓前进，水面漾起一圈圈波纹，让停在岸边的那一排小船也摇晃起来。它们也裹着帆布，在码头上如幽灵一般，死气沉沉的，似乎什么都看不见。

　　河面上的温度并没有比河边低多少，但小船的移动和那厚厚的绿白粗条纹的遮阳篷让他们尝到了一丝清凉的微风。太阳一直在上升，岸边和船边的水面泛起闪闪亮光。

船进入更狭窄的河道,船尾的波纹越来越大,慢慢变成了连续的水波,摇曳着岸边那茂密的植物——水蕨、芦苇、凤眼蓝和香蒲。它们像是会流动的固体,是陆地和河流之间一个不稳定的乱糟糟的过渡区域。出发的城市和林孔诺德相距不远,于是,他们慢悠悠地航行,在一些岛屿和溪流间晃悠,好按照约定时间到达——他们和华盛顿的女儿约了两点半。在他们的视野里,天空没有一丝云彩,只有那炽热的太阳。它闪闪发光,被熔化的斑点和火星包裹,似乎一边移动一边涌出火红色的物质。发动机隆隆作响,不时会有吵吵嚷嚷的鸟儿——大食蝇霸鹟,红头美洲鹫,双领食籽雀或是翠鸟——突然惊慌失措地从布满爬藤植物的灌木或矮树中冒出来,飞向小船前进的方向。岸边的绿色植被因为长期泡水和那异乎寻常的漫长夏日而显出一种陈旧的绿色,略微发白,暗淡无光。随着太阳的上升,那绿色似乎更淡了。光线从天顶倾泻而下,似乎要穿透所有的物体,不管是多么黑暗多么坚实的东西,都变成了透明的波浪状。他们停在岸边,没有下船,伴着婀娜柳树的树荫,在黄白条纹的遮阳篷下吃午餐,甲板上掠过微风,但汗水仍在他们脸上留下了让人烦扰的痕迹。太阳已经升到天顶,在好长的一段时间里,连紧绷的遮阳篷都似乎变得半透明,像一块幕布一样。静止的柳树在黄白条纹上投下影子，穿透帆布，在甲板上就能看到那些枝条。只有那两个年轻人没有出汗，他们在沙滩上待了很长时间，皮肤都晒成古铜色了。他们对这次郊游、对身边的风景、对大人们的对话和外面的世界毫不在意，脸色严肃，几乎是一脸阴沉。两人偶尔会打破沉默，低声说几句话，只有在午餐时他们才会离开船尾的板凳，去船舱拿个熟鸡蛋或拿罐汽水。

天气炎热，大家的午餐都用得很清淡。在午餐前后，两个年轻人都跳进河里游了个泳。而那四个大人呢，都沉迷在那单音调的断断续续的鼻鼾中。呼噜声在每个人心中无休止地流淌，在午憩的睡意中变得更加强烈。他们那半闭的眼睛看到两个年轻人用四肢搅动着水面，激起了如白色羽冠般的浪花，水声在让人昏昏欲睡的炽热空气中回响。河面出现了一圈圈同心圆的波纹，快速散开，轻轻摇晃着小船和船上昏昏欲睡的乘客。只有船员拿了一罐啤酒和橙汁混着喝，其余的啤酒都在冰箱里原封不动。炎热的天气，发动机持续的隆隆声——尽管发动机已经关闭，但那响声仍在人们的记忆中回响——连续一天的劳累。只有在夜幕降临时，酒精才能用那微小而持续的颤动，去包裹内心当中那摇晃不定的稀薄的透明。大约两点钟，小船重新向林孔诺德出发，打破了闪亮的寂静，惊动了藏在岸边树丛的鸟儿。小船缓缓地前行,靠近了一个窄窄的木制露天码头。这个码头或许适用于涨潮的时间,但对于现在的河面来说,它就太高了。于是,船员只好放弃了在码头靠岸,让船尾靠近岸边,方便乘客下船。他们沿着两条平行的小路走了至少一公里,两条小路中间覆盖着枯草和灰尘。终于,透过庭院中那悉心照料的翠绿植物,他们隐约看到了华盛顿家红砖色的屋顶。一个穿着花色罩衫的克里奥尔[1]老妇为他们打开了铁网栅栏,引他们入屋。她手里拿着一块纸皮,那是城里某个公司的宣传礼物,上面印着一个电影女星的照片,后面印着公司的名字和地址。她带他们走过一条用不规则的白石板铺成的小路,穿梭在花圃当中。院子里的各个角落都随意地种了树,树木显然是得到了良好的浇灌,都长得很结实。树荫为院子挡住了炎热,才让花儿在三月份仍能继续盛开。华盛顿的女儿就在屋外的走廊上等着他们。廊上的爬藤植物互相缠绕,歪歪扭扭,很是茂密,挡住了炎热的阳光。日光透过空隙落下,在闪闪发光的彩色瓷砖上投下不规则的斑点。没有了华盛顿,房子似乎变得比皮琼记忆中的要大一些,也许也正是因为这样,房子显得有些荒凉。而他的女儿则带着一

---

[1] 指出生在拉丁美洲的欧洲人。

种炫耀似的喜悦，亲切地欢迎皮琼的到来。在皮琼看来，这有点儿夸张，因为这是两人第一次见面。但之后他将从这些过度热情的细节中得出结论：面对自己不得不与华盛顿的本地朋友群体发生的冲突，也许她甚至无意识地做了决定，认为把这个路过的人当作盟友是一个很好的策略。她对皮琼表现出的殷勤，也许正是为了通过对比，证明其他人在那些冲突中应该承担的责任。但会面是在一个沉闷且略带庄重的外交气氛中进行的。皮琼不时偷偷地打量她，得出的结论是，胡利娅似乎继承了她父亲那如丝绸般的白色直发，也许还有一丝华盛顿那斯巴达式的朴素，大块头的身形，良好的教养以及她母亲的有点传统的优雅。在他多年以后再次通过那扇门、再次踏进那曾经无比熟悉的图书馆时，他感觉闻到了一股蜡质的气味。那股味道很微弱，却很真实，当中似乎凝聚了主人的变更或对这个地方的影响的变化，从面对事物那粗糙且转瞬即逝的命运的孤独老人的男性友谊，到为了保存这些事物而不断斗争的女性意志，想要阻止它们被污染，被消耗，被氧化，被瓦解，甚至想要倒退回从前。

华盛顿的女儿拿出一个比鞋盒大得多的金属箱子，却是索尔迪——胡利娅把他唤作匹诺曹——用女主人给他的钥匙打开了箱子。客人们在华盛顿的书桌边上围成半圆，一动不动，沉默地看着这一切。索尔迪拿着小小的钥匙，有些费力地把它插进锁头，转动钥匙，直到得到一个他认为满意的结果。就这样，他把钥匙留在锁上，掀起盖子，小心翼翼地取出一个鼓鼓囊囊的蓝色纸板文件夹，将它放在桌上。在打开文件夹后，客人们看到，除了有金属盒子和文件夹以外，还有一个半透明的泛黄的大塑料信封用来保护那份文件。上面有一条拉链，索尔迪用那纤细而精准的双手小心而熟练地拉开拉链，取出里面一摞厚厚的纸。纸上的字是用打字机打出来的，纸张已经有些陈旧了，边缘几乎是棕色而不是黄色的，可能是被那无法计算速度、永不停歇的时间烤焦的。索尔迪把那一摞纸放在桌面，走到一旁，长满络腮胡子的脸上显得有些沉重，他把自己那双古铜色的大手交叉放在腹部，神色平静（如果说不上是满意的话）。皮琼把这种态度看作一种对他的许可，让他去看看原件的许可。但在转过桌子想要俯身靠近那堆文件之前，只要扫一眼纸张构成的那个巨大的平行六面体，皮琼就知道，华盛顿不可能是这份文稿的作者。华盛顿不可能写故事，更不可能写一个篇幅如此之长的故事。于是，在俯身之前的几秒内，他最关心的是，自己脸上的神情不要透露内心的想法。

最先引起他注意的是小说是以一串省略号开头的，事

实上,第一句话并不是一个完整的句子,而是一个缺失了论证部分的句子的末尾:

……证明只有幻觉才能孕育暴力。

皮琼一页一页地翻看着文件,只有最后一页的右上角写有数字"815"。他发现,最后的句子也是不完整的,而且是以省略号而非句号结尾。之后,在几分钟内,在众人略带期待的目光中,皮琼仔细查看了那份"匿名文件"。大家似乎把他当作这桩悬案的法官,而连他在内,所有人都不知道这桩案子的动机。他发现,尽管纸张堆得很高,但故事并不是那么长,因为老式打字机誊写出来的字体都挺大的——文件上那些用大写X字母划去的地方表明这是一份副本。诚然,每一张纸都使用了单倍行距,写得密密麻麻——天知道这是什么时候的事情——文件没有分章节,句号后分段看上去并不常见。据皮琼计算,句号后分段大概每三四十页就会出现一次。根据他对这份文件——或者说字体排列——的目测,他以为,这部小说中一个对话都没有。但在认真地研究一下文本之后,他发现,事实上,文中有很多的对话,只不过大部分都是以间接引语或转录的方式出现。句子长短不一,有时是短句,有时是长短句交替出现，有时候，句子的长度不断增加，甚至达到一两页的长度，似乎作者毫不在意句号和分段。不管作者是谁——此时此刻，他和索尔迪、托马蒂斯坐下来喝上晚上的第一杯啤酒，大家却仍对作者的身份毫无头绪——他对短句的系统运用并没有让人觉得他是个痴迷于效率的人，而他对长句的独特实践也没有让人觉得他是个大家所了解的巴洛克主义的追随者。出于一种正面的预先设定，而皮琼还没读过那部作品，他只好认为这位未知作者拥有控制节奏的能力。因此，作者是根据对声音和意义的完整认识，而不是创作前一些抽象的故事美学原则或所谓的世界观，来决定每句话对应的长度的。

他原本想更加专心地研究和小心操作这份文件，但其他人看着他时露出略显轻率的兴趣让他分了心——尽管大家没有任何眼神接触。双方都决定赋予他仲裁者的角色，这让他感到不安，让他失去了判断的准确性，更糟糕的是，让他的判断不再真诚坦率。他没有对文本本身作出结论，他说出的那句话像是个掉进了深井的探测仪，而井里有什么、有多深、建造的目的，统统都是未知的。

"或许应该把它送到欧洲或美国，在那儿，能比在林孔诺德更加精确地研究它。"皮琼如此说道。众人窃窃私语，华盛顿的女儿则轻柔而坚定地回答道："只要有我在一天,这份文件就不会离开这所房子。"

"终有一天会需要制作一个副本的。"索尔迪说道,似乎对刚刚在房间里回响的对话感到满意。房间里很凉爽,长久以来,树荫隔绝了外部的炎热。这两句话以一种他认为很清楚的方式总结了情况,让他无须向双方解释那些对立的论点。

"如果对纸张、墨水、打字机型号和文本进行适当的分析,也许能够得到更多准确信息。"皮琼说道,同时采取了必要的预防措施,以免让人觉得他明显就是在质疑作者的身份。

"这一切都可以在这里完成。"胡利娅说道。

"我不这么认为。"索尔迪急忙说道。在场的人只要有点头脑,都能提出这种反驳。但他希望这是由他自己提出,而不是由皮琼或托马蒂斯说出,这样胡利娅就能对这个意见持一种更为宽容的态度。

"而且,说实话,"胡利娅似乎没有听到他的话,"我觉得没有这个必要。"

"抱歉,我要到院子里透透气。"托马蒂斯以所能做到的最友好和轻松的语气从那快被愤怒掐得窒息的喉咙里吐出这句话。

"为什么我们不一块儿去呢?现在院子里应该很漂

亮。"皮琼以最礼貌的态度提议说。

索尔迪把"匿名文件"整理好，将纸张小心翼翼地放入塑料信封，拉上拉链，又把它放进蓝色文件夹中，放到金属箱子的底部，立刻盖上盖子，把小钥匙转了两圈，锁好箱子。

他们都走到院子里。院子里的一些树是皮琼在的时候种下的，他还给它们浇过水、修过枝，在长大的树下乘过凉。但皮琼觉得，二十年来，这些树都长得更大了，让院子也变得陌生了。院子里的桑树，印度榕，枫树，白蜡树，金合欢树，粉红色、白色或黄色的夹竹桃，棕榈树，茉莉花，冬青树，西番莲或忍冬树篱，还有种在院子里某个区域的果树，像是无花果、柑橘、苹果、枇杷、梨子和桃子，这些植物仅仅长大就能改变它们所处的空间，让院子变得跟皮琼记忆中的完全不同。这个他认为自己熟知的地方似乎很不一样，也正是因为这个原因，院子显得既奇怪又新鲜，也许还有点让人不安，仿佛在那些巨大的粗糙树干和极大的树冠上积累了那些属于一个没有我们却仍继续流淌的时代的证据。光斑穿过树叶的缝隙，印在精心铺设的小路上，但厚厚的树荫让空气保持了清凉和潮湿，让这片区域免受三月下旬的烈日毒烤。有那么一刻，只剩下华盛顿的女儿和那三位文学专家——表面无动于衷的她在心里讽刺地如此称呼皮琼、索尔迪和托马蒂斯——站在树下。两个年轻人不见了,而船员则和接待他们的妇人靠在花园一角的花坛边上兴致勃勃地聊天。托马蒂斯一直饶有兴趣地研究一棵桑树。

"你一颗桑葚都没给我们留下,胡利娅。"他最终说道。

"你不会真指望它会结果吧。"华盛顿的女儿回答道,话中带着一种取乐的冷漠。

托马蒂斯说:"借着整理文件的由头,匹诺曹每次来都会把它们吃得一干二净。"

"我只是做了自己力所能及的事情而已。"索尔迪回答道,一边假装谦虚地鞠躬。

"胡利娅,该被锁上的不是那部小说,而是这些桑葚。"托马蒂斯说道。

皮琼笑了,不是因为对话当中那咄咄逼人和有些机械的欢快,而是因为他感受到了这些话语背后的紧张,他早就知道对话双方多年以来的矛盾。

"诸位需要我去为各位准备些马黛茶吗?"胡利娅问道。这使得皮琼认为,她问这个问题的方式意味着她不会费心去准备马黛茶,而是会把这个任务交给那个正在和船员聊天的穿着花罩衫的克里奥尔妇人,或者更糟糕的是,她问这个问题是希望得到否定的回答,从而迫使他们结束这次拜访。托马蒂斯似乎也是这么想的，因为他甚至没有询问其他人的意见，立马就回答说："不了，天色不早了，我们要回去了。对吧，匹诺曹？"

于是，在大家友善且简短地按照常规礼节互相告别之后，他们踏上了归途。他们刚沿着沙子路朝河边走了几米——他们的身影已经变长了，蓝色的影子在地面的不规则处断裂——托马蒂斯就压低了声音，开始批评华盛顿的女儿："说什么在林孔诺德可以像在剑桥一样对手稿进行科学分析！她还是从报纸上得知他的死讯的，现在却成了一个孝顺的女儿。她想不惜一切代价让华盛顿成为这份手稿的作者，因为那是一部小说，她想着要是能把这部小说出版了，她就发大财了。现在，她大概想着要卖电影版权了，或者更糟糕的是，想着要怎么把它改编成电视剧了。"

索尔迪和皮琼态度谨慎，几乎是克制，没有对这些无法证实的恶意话语作出回应。然而，他们也一直想着胡利娅的固执——可能源于困惑和之前的情感拉扯——这也在一定程度上解释了托马蒂斯的愤怒。在沉默中，在傍晚的炎热中，大家慢慢地走向河边。皮琼主动地——更确切地说是一厢情愿地——看向四周。在经过这么多个星期的干旱之后，景色显得有些忧伤。他想要在风景中捕捉些什么，一种属于灰白色草地、属于尘土飞扬的植被、属于沙土、属于令人窒息的空气、属于因为白天已然逝去而略显苍白的无边天空的力量，一种其他地方没有的、只属于此地的特有的呼吸，但他的目光在中性的、无法辨认的、没有音调的空间中上下跳动，心中没有任何得到回应的情感或感觉。在他们到了河边，皮琼不再去感受内心深处那些硬邦邦的皱褶和外部世界之间有什么活着的亲密联系时，近在眼前的水面才让他感受到一种转瞬即逝的喜悦。他并不认为那是因为自己与那条河有什么亲缘关系，而是因为自己的内脏、感觉和皮肤备受炎热、疲惫和缺水的困扰，眼见那仁慈的、可以救命的大面积水体近在眼前，它们就打起了精神。

太阳下山的速度越来越快，于是，他们收起了船上的绿白条纹遮阳篷。这样，随着小船的移动，微风就可以吹干他们奔波辛劳一天之后的汗水。似乎这只是为了大人们而做的，两个年轻人并排坐在他们在去程时坐的板凳上，与其说是两个性别不同的个体，他们更像是一个雌雄同体的两个部分，两人都神色平静，对身边的事物无动于衷，让人觉得他们对从内心和从外部腐蚀他们的东西暗含一种持续的固执，漠不关心，这些东西甚至没有办法对他们造成伤害。板凳上的大人们都累垮了，喝着从冰箱里取出的冰水，任由身体随着小船的移动和发动机那均匀的呼噜声摇摇晃晃。矛盾的是，在那片笼罩河流和空荡荡的岛屿的寂静中，马达声似乎没那么响了。在驾驶舱里，船员背对着他们，有时候会一边控制着小船——甚至没有转身——一边伸出左臂，大喊大叫，指着河岸方向。他自己肯定知道，船尾的人们是听不清他讲话的，这就让人感觉他是在自己跟自己讲话，那强调的手势和认真的神情，就像个疯子一样。直到索尔迪起身去问他是怎么回事，经过几分钟的亲切交谈，众人才明白，那是为了让船上的乘客看看漂在岸边的大睡莲和那翠绿的莲叶，还有每片叶子像脐带一般的长梗尖上的花儿。那泛红的白花在傍晚绽放，在夜晚闪耀着暗淡的光芒，在黎明时分又再次闭合，直至下一个黄昏。瓜拉尼人[1]称之为"伊鲁佩"。这些睡莲距离绿色的植被有点远，却又依赖着它，就像是一颗行星和它的卫星一般，这让皮琼想到那些古老而孤独的女神。她们自行繁殖，从充满活力的肢体间生出一个雪白的、瘦弱的小神灵。"伊鲁佩"会和新生的神灵一起甜蜜地在天空翱翔，然后将他抛弃在祭台上，把他撕成碎片，以此让自己的宗教延续下去。

---

1 南美洲土著民族，传统居住范围为今巴拉圭的乌拉圭河和巴拉圭河的下游之间、阿根廷的米西奥内斯省和巴西南部，部分分布在乌拉圭及玻利维亚。目前，玻利维亚拥有最多的瓜拉尼人口。

和去程时一样,他们在回程时也绕了些圈,好在傍晚时分到达,这就不用在城市过热的房屋和沥青中忍受下午那蓬松而浑浊的阳光了。他们沿着科拉斯蒂河东岸航行,绕到了那些把巴拉那河与其他支流分开的大型岛屿附近,到了由冲积小岛形成的内部航道。直到不久之前,这些小岛还只是沙岸,甚至没有名字。之后,他们没有跟着河流走,而是在重新返回科拉斯蒂河之前去了乌巴哈伊河,经过了加拉伊家族在林孔沙滩上的度假别墅。那是他们家族——就剩下皮琼、他的妻子和孩子而已了——最后的两处房产之一。他从巴黎过来,就是为了商谈出售的最后细节。这两间屋子已经闲置很长时间了,皮琼甚至没有去看过它们。他一个当律师的表弟——从小他们就讨厌彼此——一直负责这项买卖。尽管他可以从巴黎给他寄一份委托书,但皮琼还是不想这么做,好以签字为借口到那个城市去旅行。房子还没变成废墟,但已经受到了风雨和日光的侵蚀,外墙上还没剥落的白色油漆被许多灰色和发黑的污渍所覆盖。在小船转过一个急弯时,皮琼看到了房子,再次希望激起自己内心的什么东西——感伤、遗憾、记忆、同情,但粘在他身上的那层层叠叠的东西像是一个紧凑的整体,拒绝展开自己,甚至不愿意打开一丝细缝。他甚至不得不作出一些努力,好让自己的声音压过马达的呼噜声，向儿子介绍那处房产，"那就是我们家在林孔的房子，我给你看过很多它的照片。以前，在夏天的时候，我们就和加托一起在这儿度假。"

小弗朗西斯科点了点头，没有作声。为了满足父亲的要求，他看了房子很久，直到小船转了弯，屋子在他的视野中消失。但他神色平静，难以捉摸。托马蒂斯看着他，觉得那神情和那对兄弟在同样年纪时的神色一模一样。尽管内心的情感很强烈，而且与房子毫无干系，但那脸庞不会显露一丝痕迹。很多年前，加托就和埃莉萨从这房子消失了，没有留下任何影踪。就和多年以来的惯例一样，他们一起住了几天，然后就再没有人见过他们了。对他们来说，林孔的这所房子就是他们定期私会的圣地。和往常一样，前门没有上锁，但一切仍干净整洁。屋内没有打斗或奇怪的痕迹，所有床都铺好了，桌子也摆好了，冰箱里还存放着够吃几天的保存良好的食物。尽管里面有些贵重物品、一台打字机、几台风扇和一些工艺品，但所有东西都还在，完好无损地在它们应该在的地方。最早发现加托失踪的是一位做广告的朋友——加托偶尔会从他那儿接些活儿。当时，那位朋友进屋时就闻到了一股令人作呕的气味，加上那正是一个充满恐惧和暴力的时代，这让他吓得不轻。但当他走进厨房时，他发现，原来臭味是来自一块腐烂了的肉，肉就放在灶台上的一个盘子里，旁边有一把大菜刀和一块砧板，但他们都还没来得及使用这些工具。在他从冰箱取出装肉的盘子、把它放在灶台的红色瓷片上的那一刻，他的动作就停止了流动，两人就挥发在了空气中。这七八年以来，再也没有出现过他仍然存在的任何迹象，甚至连骨灰都没有。托马蒂斯在给皮琼的一封信里写道："两人带着那谨慎且一致的自主，抛弃了全世界，甚至与世界相抵触，从一张非法的床到一个非法的坟墓，做出了只有神秘主义、疯狂和通奸才能解释的事情。"

小船离开了乌巴哈伊河，再次进入科拉斯蒂河，稳步向南航行。在把乌巴哈伊河抛在身后时，皮琼想："这条河几乎和艺术桥附近的塞纳河河段一样宽，但这儿所有人却把它唤作小河。"三月的傍晚是静止而炎热的，"红宝石号"的移动带来了微凉的空气，让皮琼觉得自己正在穿越一条与空间中其他事物不同的走廊，它有自己的气候，比外边更加温和，似乎要把那些平坦的褪色岛屿溶解在混浊的空气中。他们已经走在一条真正意义上的河流里了，宽阔，深邃，水流湍急。因为天气和时间的原因，河面平静，几乎像是凝固了，像是一块果冻般，尖锐的船头划开了一条沟，到船尾处变宽，两侧的水流有着如粗糙矿脉般的颜色和质地，河面出现了白色的涌流，像是煮沸的焦糖。皮琼还记得，虽然它不过是向南流淌的巴拉那河的一个弯道，是它孕育的众多分支中的一条，但直到二十年代以前，城市的港口还在这条河边上的南科拉斯蒂村，在科拉斯蒂河下游方向的大约十公里处。那是一个远洋港口，而现在已然荒草丛生的周边地区曾经人山人海，聚集了来自俄罗斯、日本、德国、塞内加尔、澳大利亚的海员，还有商人、河道官员、装卸工人、妓女、走私者、工匠，以及军队和港口警察的官员和探员。靠岸的船只有着高大的船头，还有桅杆和烟囱，从达喀尔、汉堡、敖德萨或新英格兰远道而来。有火车从城市出发，穿过湖面的木桥——和几乎所有的木桥一样，它后来也被淹没了——来到这里装卸货物，接送乘客。沿着河岸，排列着码头和棚屋，它们中间是铁路，还有熙熙攘攘的车辆、马匹、人群和吊车，放着成堆的木材和成捆的白色亚麻布。这些货物从运载它们跨越大洋的船舱里出来，被堆放在阳光下的沙地上，等着火车把它们运到城里。所谓的村庄其实是几排铁皮小屋，有些用了绘有百合花或其他图案的锡制屋檐装饰，图案沿着整个外立面重复出现，和锌制排水沟平行，看上去更漂亮。商人、官员甚至是皮条客的小船修了又修，围着那些稳稳停靠在码头的跨洋大船紧张地徘徊打转，像是围着人、帆布、船桨或发动机飞来飞去的小蚊子或小苍蝇。城里新港口的水深更深，加上新建了一条长运河，用以连接码头与其他岛屿、河流，以及最终汇入巴拉那河的支流、湖泊、小溪，这些因素都加速了科拉斯蒂南港的衰落。于是，村庄和车站都消失了，慢慢地，码头和棚屋都荒废了，杂草抹掉了那些通往港口的道路，只剩下一片桉树林，一个用铁皮和木箱板子搭成的饮品小店——屋顶铺的是稻草。偶尔还能在通往林孔的河边看见几截被植物掩盖的生锈铁轨。那都是大大的铁块，但不知是什么原因，拾荒者、收集建筑材料的人和小偷都没有把它挖出来。另外，还有些木屋的长方形基座，底下植物顽强生长的压力让它变得支离破碎。在油水多的日子，这些木屋铺的可是奢华的波特兰地板。但如果相隔一定的距离——如从河上或从田野中间看过去——除了那些铁皮茅屋、桉树和那些几何形状的黑色树干以外，肯定看不到人类曾经居住的痕迹。这让人想起皮拉内西[1]的某些作品，又像是一个最近被指定为运载装有燃料的卡车的军方船只专用码头。这个地方是如此荒凉，正如它原本应有的样子，气候、侵蚀和河流的冲积一起形成了这个抽象的存在，在经历最后一次地壳变化后，土壤、水、空气和植被都慢慢找到了自

---

[1] Giovanni Battista Piranesi（1720—1778），意大利画家、建筑师、雕塑家，作品主要描绘罗马古代遗迹和都市景观。

己应在的位置，逐渐平静下来。

之前，皮琼想着可能可以利用索尔迪家族的交通工具，却从未想过这一切。尽管他的感觉甚至感情都是中立而遥远，似乎不是真实的，但那天下午，他和托马蒂斯以及孩子们去的这一趟林孔诺德之旅，无疑是他此次旅行当中最美好的时刻。因此，当"红宝石号"离开乌巴哈伊河进入科拉斯蒂河时，他决定有义务要和匹诺曹聊聊天，便问起他关于"匿名文件"的事情。匹诺曹以细心、冷静和准确的态度，用精准完整的句子，在大约十分钟内向皮琼和托马蒂斯总结了故事的梗概和主线。两人听得很是认真。在航行带来的微风中，那些古老传说中的名字，特洛伊、海伦、帕里斯、墨涅拉俄斯、阿伽门农、尤利西斯，尤其是那个老士兵和年轻士兵——据匹诺曹所说，他俩就是故事中的双重声音——飘浮在空气中，如纸屑或落叶一般，几乎立刻就被风带走了。皮琼一边听着，一边点头。匹诺曹吐出的那些准确的句子似乎让如幻觉一般的连续不断的马达声变得更加遥远，几乎要消失了。之后，匹诺曹说，自己正在撰写一份书面总结，大约有五十页，想要把它寄给各个大学、批评家和编辑，直到华盛顿的女儿允许他把书稿拿去复印为止。他说，如果胡利娅允许的话，他准备将整部小说都转写成电子文档。之后，他若有所思地看着船员。他背对着乘客，似乎不是在掌舵，而是靠在舵上休息，好消除这炎热的一天带来的疲劳。过了一会儿，他们从韦尔杜克岛的公路桥下经过，看到了那笔直的沥青路。泛蓝的沥青路一直通向岛屿另一侧的水下隧道，越过巴拉那河，甚至经过乌拉圭和巴西，到达科拉斯蒂河的终点，与提拉德罗河的新旧支流交汇，一同形成了那错综复杂的水道网络。随着潮汐涨落，它们或转瞬即逝，或永久存在，或大或小，或深或浅，或窄或宽，连名字也没有。原本向南航行的小船转向西边，进入圣菲河。那是一条狭窄的水道，也许只是因为其深度，它才能被称作河流。河道非常曲折，傍晚落日的红色余晖在地平线的位置也不断变化。他们先是往东走，然后是东北，然后是东南，然后又往东，然后是东南、东北，之后是朝南走，向西走，在一个名叫巴拉圭弯的地方取道东南，最后终于重新向西边——也就是城市的方向——航行。

　　落日已经消失不见了，最后一丝红光染黑了建筑物的轮廓。皮琼觉得最高的那些建筑——独栋大楼、烟囱、港口的谷物升降机——仿佛是些扁平的黑色几何图案，没有任何厚度。而那一大群一两层楼高的矮房子，加上那些树冠，一同组成了一团漆黑的东西，没有任何特别的凸起，不规则的边缘跟随高处轮廓而变化，像是一座延伸着的黑色山丘的山脊。那片黑色像是用硬纸皮剪出来似的,再细心涂上墨水,但它还不够大,无法遮住那与之相对的巨大的红色光斑。光在令人目眩地扩张,一遇到这个障碍物——它定是蛰伏已久了——光线就溢出了黑色的边缘,缠绕在一起,然后——尽管有些倦意——分散在整个空间当中。因此,小船并不是在黄昏的河流中、而是在一片严肃而奇怪的红色阴影中航行。小船、河水、植物,似乎都是由同一种黑中泛红、略带磷光的物质组成的。那是一种独特的物质流,它成为各种不同形状,这还能持续片刻,而即将降临的黑夜将把所有区别抹平。托马蒂斯提高了声音,好盖过隆隆的马达声,以一种既突然又平静的方式开始背诵:

> 我说道:"弟兄们哟!你们历尽
> 千辛万苦到达了西方,
> 现在你们的生命已很短促,
> 你们活着的时间也已有限,
> 所以你们中不要有人不愿意,
> 去经历那太阳背后的无人之境。
> 想一想你们的出生;你们不是
> 生来去过野兽的生活,

而是要去追求美德和知识的。"[1]

话毕，托马蒂斯低低地发出了一声满意的感叹，一切又恢复了寂静，只剩下马达的隆隆声。在游艇俱乐部附近，马达声音开始变小，小船在岸边停泊的船只之间寻找空位靠岸。在俱乐部的位置，河水流向一片宽阔的水域。正是因为它的宽广，当地居民甚至在地图上都将其称为湖泊，城市就在这里戛然而止。沿着长达六七公里的岸边，出现了沙滩、矗立着的或因年久或水流而倒塌的桥梁、游艇俱乐部、港口堤坝、仓库、环线公路和带篷小船，像是在那水与岛之间单调的扁平迷宫边缘的一个拥挤蚁窝。湖面很宽广，湖的另一端就是田野，中间几乎没有任何过渡区域。小船不得不稍微加速继续前进，好到达湖心——在那儿更容易掉头——然后再折返俱乐部的泊位——船员应该看到那儿有空位了。皮琼注意到，笼盖四周的红色已经褪去，夜幕终于降临。这是夏末的夜晚，就像多年以来他所经历的每个夜晚一样。在这个晚上，那些未知的古老植物、河流、城市周围未开垦的田野，还有生活在水里、陆地上和天空中的动物，都比白天更加躁动不安。那些动物在沙地上爬行，在河川那寂静的黑暗深处游动，在沼泽地

---

[1] 出自但丁《神曲·地狱篇》第二十六歌，112-120，原文为意大利文。

里聚集，小心且残酷地滑行，在夜间越过田野和岛屿，在草地上、空气中和树枝间窸窣作响。他抬起头，在仍有光亮的天空中，最后的紫痕已经褪去，变成蓝色，天空中出现了星星。引擎已经停了，水流的声音比旅途中的更加清晰，更显夜晚的宁静。当然，这也让他眼前突然清晰起来。在那么一瞬间，他突然明白，为什么尽管他有良好的意愿，作出了很大的努力，但自从他从巴黎来到这个离别多年的地方之后，他的故乡一直没有激起内心的任何情感。因为他终于是一个成年人了，而成为成年人恰恰意味着他已经明白，他诞生的地方并不是他的故乡，而是一个更大、更中立的地方，一个既不是朋友也不是敌人的地方，是一个未知的地方，一个不属于任何家族的地方，而这个地方只会让人觉得陌生。那并不是空间或地理意义上的家，甚至不能用语言说出来，如果语言还有意义的话，那是一个物理的、化学的、生物的、宇宙的家。在那儿，所有看得见的和看不见的，从指尖到星空的宇宙，或所有我们所知道的可见的或不可见的东西，都是它的一部分。这个整体包含了所有无法想象事物的边界，事实上，那不是他的故乡，而是他的牢笼，一个无人理会的从外面上了锁的牢笼。无边的黑暗在当中游荡，灼热和冰冷在当中共存，那份黑暗包裹了所有感官，掩盖了一切情感、感伤和思考。

正如我之前跟诸位所说，在十二月里圣诞节左右的一天，莫尔万透过窗户看着那快速降临的夜幕。这时，传来几声坚定的敲门声，他还来不及回答，他的三个同事——劳特警长、孔贝斯和居恩探员——就走进了办公室。在一般情况下，对于陌生人来说，大部分人都是难以捉摸的，但同行总能把他们——至少是他们的当下意图——看得一清二楚。因此，在客人们开口之前，莫尔万就意识到他们三人是一同用午餐的，也就他们将要向他提出的事情达成了一致意见。莫尔万知道，以劳特为首的这三个人要问的事情与那几天收到的信件有关。那封信不是从刑警大队总部寄来的，也不是从警察局长办公室寄来的，更不是从巴黎省长办公室寄来的，而是直接从部委送来的，要特别行动办公室的所有警员传阅。莫尔万之前把信给了劳特，让他复印几份，分发给其他人。但当他们站在窗边一动不动时,他可以看见,劳特从口袋里拿出的那张折了四折的纸并不是复印件,而是他之前给他的原件。这封部委来信中那些官僚主义的委婉说辞简要概括起来大概就是,在这九个月的屠杀里,有着一些让人无法理解的态度、无用的支出和不健康的宣传。按照这个情况,可以证实的是,调查完全没有什么成果,所以,在不久的将来会有一系列的改变、调职和处分——但这部分故意说得比较模糊和含蓄。

劳特展开信件,在空中停留了一会儿,没有读信,也没有把它递给别人,甚至没有对信件内容作出评论。四个人一动不动,沉默地面对面,站在莫尔万亮着灯的办公室里。由于莫尔万对秩序的过分追求,他的办公室里没有一颗尘埃,烟灰缸和扶手椅旁那被他遗忘的废纸篓里没有纸片,烟灰缸里甚至干净得没有烟灰。尽管四人外形并不相似,年龄也略有不同,但他们却很相像。他们的共同特征除了来自衣着和职业自主性,还是由他们所属的时代和文明所造成的。四人看上去都很坚实、成熟,像我刚才所说,就日常习惯而言,对彼此都是透明的,但对那些不同文明经历的脆弱日子所扎根的不可捉摸的背景,大家都装聋作哑。厚厚的冬装让他们身上更加厚实,他们的衣服大概都是在同一家商店买的,价格也应该差不多。感觉劳特警长的衣服应该会稍微贵一些,也更醒目一些。但他的不同之处也仅限于在同样的价格区间和品位里选择一个更高的档次而已，四人的脾气也不会比同一品种植物叶子上的不同纹路之间的差异更大，他们相互之间既陌生又熟悉。然而，和陌生的东西相比，他们却对熟悉的东西更为敏感。他们对自己成长的世界持有异议，但那都是表面性的，因为即便在青春期的动荡岁月里，他们也一直认为，这个世界的秩序是不可改变的。他们理所当然地认为自己属于某种文明，对他们来说，这个事实就如地质构造或血液循环一般，是毫无争议的。如果有人告诉他们，一个非洲文盲离开了自己的部落，在黑暗的船舱中待了几周，想要秘密地进入那四人声称自己所属的文明中的某个国家，说这个非洲人比数以百万计的欧洲人更加欧洲，那他们一定会感觉迷惑或愤怒——我丝毫不会怀疑他们的真心。几个世纪以来，他们一直都被教育为自己是世界的明确核心，在定义他们的本质的时候，所有的荒唐和错误都被抛弃了——顺便提一下，在定义其他人的时候，他们可没有这么做。这四个人都尊重技术，尊重职业成功和体能，也都团结同事，践行道德相对主义，都在乡下过周末。如果莫尔万或其他任何人因为自己的个人特点而背离了这些规则，那也只是从实用角度出发才这么做的，因为在他内心深处仍然认为这些规则就是自然法则的一部分。

"他应该对那些二十年来一直友善待他的人更加友好一些，"托马蒂斯说，"对吧，匹诺曹？"

"在这一点上，我还没有什么想法。"索尔迪说道。

皮琼停止了叙述，但他显然对托马蒂斯的评论不以为然。他就像没听到似的，从他的表情上，其他人可以明白，他这几秒钟的沉默只是为了更专注于叙述的细节。他微微眯起双眼，头往后仰。在厨房附近的白墙上、金合欢树或棕榈树上挂有灯串，在灯光的照耀下，他的头上、额前、鼻尖的绒毛和下巴上的胡须——尽管他早上已经剃得很仔细了，但现在又长出来了——闪着金色的湿润光泽。在继续讲话之前，皮琼挪了挪身子，好在椅子里坐得更舒服一些。在他改变双腿的位置的时候，响起了软皮鞋的鞋底摩擦红砖地面的声音。院子很大，占据了一整个角落，由一堵白色小围栏将它与人行道隔开，桌子之间有足够的空间。没有风，不同位置的灯光让院子变得明暗交错，在灯光下，金合欢树的巨大树冠和棕榈树那弯曲的尖叶闪闪发光，像是云母片一样，让人觉得它们是植物和矿物之间难以想象的交叉物种。在皮琼的左手边，在白色小围栏之外，在黑暗街道的尽头，耸立着名为公交车总站的长条形建筑。已经接近十点了，那儿的人流车流也稍微变少了。在院子的深处，在散落在树下的桌子之后，在白色的大墙旁边，有一个吧台、一间小厨房和一个烤架。实际上，那是一个用砖头砌成的、刷了白漆的棚子，侧边的墙和中间的两个隔板形成了三个独立房间，由同一个茅草屋顶连接。三四名工作人员捧着装得满满的托盘，沿着碎砖路走到每个客人的桌前。皮琼就坐在托马蒂斯对面，在他的肩膀后面，皮琼看到了一个发光的会动的背景，衬托着托马蒂斯那比眼前物体略为朦胧、像电影中虚化效果一般的躯干。他眼中的托马蒂斯有着古铜色的皮肤，穿着深蓝色的衬衫，仍然顽固地没有变白的黑发有点凌乱，汗水让发丝粘在鬓角上。在那移动的光线的对比下，这一切似乎更黑了。而坐在对面、背对院子中央的托马蒂斯却在皮琼的秃顶和黄色衬衫后面看到了院子里光线不那么好的角落，他可以看到树木另一边、白围栏旁的那条小街道。他们选了最里面的一张桌子，好让大家都能放松自在一些。在这个昏暗的平静背景的映衬下，皮琼那几乎是金色的浅色皮肤——正如很多白人的皮肤一样，托马蒂斯想，总之，那和加托一模一样——和他身上的黄色衬衫更加显眼了。为了给院子的装饰增添一丝当地色彩——或更确切地说，是克里奥尔色彩——除了厨房那一侧以外，地面上都摆放了一些涂成白色的汽车轮子。它们平行排开，倚着用白砖砌成的支撑物，彼此间隔大约一米，围绕着庭院四周。桌椅也都是用白铁制成的。在高处照亮庭院的灯串中，还有一些挂在树上的小彩灯，像是金合欢树那半年前早已盛开、掉落、腐烂、干枯后又变成粉末的星星点点的黄花。

索尔迪坐在桌子的一角，左边是皮琼，右边是托马蒂斯。于是，他能看见，在那些白色轮胎和白色围栏后面，在昏暗街道的深处，那扁平的公交车总站大楼正亮着灯，不时有城际大巴或一些黑黄相间的出租车缓缓驶过昏暗的街道，从大楼进进出出，然后消失在空旷黏稠的夜色中。服务生刚给他们倒好三杯啤酒——他们都觉得天气太热，不适合喝红酒——三人立刻喝了一大口。桌上还有几个半空的小碟子，放着下酒的带壳花生、羽扇豆、奶酪块和香肠块。在进入黑暗肠道的几秒之后，啤酒似乎想要再次逃逸出来，以大滴汗珠的形式出现在他们的额头和脖子，从皮肤的炽热皱褶中滑落。索尔迪感觉自己的胡须变得潮湿，像是打结了。尽管他们三人坐在同一张桌子旁，但由于各人的位置不同，也许之后，当他们再次回想起三人共度的这个夜晚，他们不会有同样的记忆。显然，对于皮琼的故事，每个人也都有自己的想法，不仅仅是索尔迪和托马蒂斯有不同的看法，更重要的是皮琼，他永远无法证实自己的话语在他人的想象中的确切意义。但不管怎么样，随着听众那嘲讽的评论（索尔迪或许是被托马蒂斯的问题逼得不得不说些什么）迅速消散在混浊的空气中，皮琼眯着双眼，仰着头，一边神秘地在空了一半的啤酒杯上方摆手，一边继续说道：

莫尔万什么都没做，等着劳特开口。事实上，他已经猜到他要说什么了。但是，为了安抚同事，让四人感觉到大家是一个团结高效的团队，他佯装出极大的兴趣。劳特是在新闻媒体和公众面前的发言人，那时，他的这一角色也延伸到了办公室。而让莫尔万感到好笑的是，劳特，他一生的好友，刚刚用那么正式的口吻告诉他莫尔万自己对于这封部委来信的看法：只有远离行动现场的官僚才会如此缺乏经验和愚昧，以为建议和威胁可以改变事件的进程。劳特的发言人身份也是他这么做的原因之一，因为尽管孔贝斯和居恩都有一样的想法，他们也绝对不敢告诉莫尔万。这当中的原因除了有他们对莫尔万的尊重，还要加上他们的顺从。尽管他们完全不认为这些威胁是合理的，但他们还是照单全收，只因为这是来源于上级的命令。换句话说，他们了解自己，了解所有来到这个特别行动办公室夜以继日、不眠不休地工作了九个月的人，但他们只能通过劳特的反应来表达自己的不满。和正义相比，他们更看重等级。当然，劳特的态度也有一些演戏的成分，他的抗议太正式了，而考虑到他们之间的友谊，他其实可以用一种更加非正式的方式来讨论这个问题的。莫尔万不禁问自己，劳特是否内心比表面更把这封信当一回事，他可能认为，办公室的调任和处分是不可避免的了，就开始领导他的下属，准备取代他成为办公室的负责人了。值得一提的是，因为其官方发言人的身份，在媒体和公众面前，劳特比莫尔万更有名气，而后者呢，出于性情而非义务，他一直在低调的影子里工作。但他对这种怀疑毫不在意，不仅因为他内心根本不相信，还因为劳特在放下愤慨之后立马发出的笑声打消了他的想法。在三人疑惑的目光中，劳特满脸怒气，缓缓地把手里的信撕成碎片。

他笑得浑身发抖，笑声响亮，让人也忍不住笑起来。尽管如此，在他那张突然变得陌生的脸上，三人可以察觉到某种难以捉摸的东西。他把越来越小的纸片叠在一起，纸张也越来越厚，变得更加难撕，要用更大的力气，劳特那没由来的笑脸也扭曲成一张鬼脸。莫尔万保持冷静，与其说是警惕，不如说是震惊地打量着他。劳特那突然的大笑，不相称的而且突如其来的暴力，有一种不协调。这激起了警员那本能或条件反射般的好奇心——正是那份好奇心促使他成为一名警察。劳特对暴力甚至暴行很是习惯，但他一直认为，他的这位朋友使用这些手段总是为了得到一些确切的结果，换句话说，在这个过程中，只有警察在场，没有其他任何人的参与。这两名探员似乎很后悔来到莫尔万的办公室，于是，为了安抚他们，莫尔万努力克服自己内心的迷惑，笑着摇了摇头。恰好在同一刻，劳特迅速地将碎纸抛向空中，纸片从他三位同事的头顶落下。劳特奋力一抛，白色碎纸如雨滴般在空中纷纷落下，飘浮在空中的纸片被灯光照亮，落在地板上，轻盈的纸片受到地心引力的吸引，缓缓下降。看着无数纸屑在自己身边旋转，面朝彼此站立的四人感觉彼此之间的空间似乎充满了一种无声的白色骚动。但和办公室内的紧张气氛相比，这已经显得无足轻重了。不知道为什么，莫尔万像着了迷似的盯着这个精致却无声的旋涡，然后缓缓把头转向窗户。他首先看到的是这些白色碎纸在冰冷玻璃上的倒影，但当他更加专心地看着眼前的事物时——尽管他最开始时觉得难以置信的——他惊讶地看到，在玻璃的另一侧，在梧桐树光秃秃的枝丫之间，在冬日傍晚那冰冷的蓝色空气中，出现了很多白色碎纸雨滴。在一瞬间的迷惑后——这一瞬间已经够他穿越一个神奇的宇宙了——他明白，外面正在下雪。

在其他人离开之后，莫尔万还看了一会儿雪，直到夜幕完全降临。雪花时而平缓斜飞，时而狂暴旋转。在夜色的映衬下，落下的雪花变得更加耀眼，更加洁白。许多酒吧和商店仍然灯火通明，但街上几乎没有什么人。据说，西方的最后一位神灵降生在这个世界，并在三十三岁时被钉上十字架，那是为了大型商店、超级市场和礼品店在他生日的时候销量倍增，他的信徒用信用卡购物代替了祈祷，用某个足球运动员的签名照代替了对殉道者的崇拜，他们期待的奇迹就是在电视抽奖节目中抽中双人旅行而已。因为天气原因，信徒也已经抛弃了他们最常去的、最虔诚的唯一一个礼拜场所——购物中心了。冷清的昏暗街道里，雪花打着旋儿落下，在路灯周围形成了彩虹般的光晕。看着这情景，莫尔万有预感，他苦苦追寻了九个月的影子，那个近在咫尺却无法捉住的影子，又准备再次行动了。

在出门之前，他耐心地仔细捡起了所有白色碎纸，把它们放到一个从来没有用过的金属烟灰缸里。也许是因为纸张的重量，他想，可能四人不自觉地用那充满期待的呼吸扰乱了空气，让空气流动得更快，碎纸散落了一地，他不得不在办公室里匍匐爬动，才能把它们都捡起来：在桌下或者椅子下有几张，不知为什么，在房间的另一端又有两三张，甚至废纸篓里也有三四张。废纸篓一尘不染，干净得可以用来做饭。他把它们堆在烟灰缸里，又检查了一下房间，确保没有一片遗漏。他手里拿着烟灰缸，想了片刻，最后，他没有把烟灰缸放在书桌上，而是打开了一个金属柜子，把烟灰缸放了进去。然后，他穿上大衣，戴上帽子和手套，走到街上。

尽管天色已晚，但因为正值节日，很多商店还开着。大道上仍有很多来往的车辆，但白雪掩盖了所有的噪声。莫尔万走着，陪伴他的只有鞋子摩擦人行道上越来越厚的积雪的有节奏的声音。他首先走向莱昂-布鲁姆广场，一边在广场外面绕圈，一边默默地看向酒吧和商店里面。它们灯火通明，但大部分都是空荡荡的。时间已经不早了，汉堡王里的小孩和青少年客人都消失了。两三个大人孤零零地坐在里面，弓着背，心不在焉地用手拿出纸盒里的薯条，塞进嘴里。"十一世纪酒庄"酒吧的椅子已经倒放在桌子上，一个工作人员正在扫地。莫尔万感觉到雪花落在帽子上，透过了肩膀处的大衣布料，他一抬头，锋利冰冷的尖刺就会刺穿他脸上的皮肤。他缩着身子，走在被风撕碎的白色雪花旋涡中。风让雪花有了不同的形状、大小和质地，有的像一把柔软的棉絮，有的像水珠，有的甚至像坚硬闪耀的冰刺，有的就是飘浮在空中的白色粉末，像一团冰冷的飘浮着的可卡因，随着呼吸进入肺部。莫尔万穿过罗凯特街，停在超市门口，透过玻璃门打量着商店里面。认识他的保安站在入口附近，在店里朝他友好地挥了挥手。莫尔万点了点头，算是回答。超市里的一些收银台已经关了，只有几个柜台仍然开着。一些顾客推着装得满满的购物车或提着超市的红色塑料篮,排队等待结账。在其中一个收银台前,有一个衣着光鲜的老妇人,怀里抱着两瓶香槟。前面是一个金色胡子的年轻人,他正在结账。莫尔万在人行道上站了一会儿,在再次向保安点头致意后,他继续往前走。

他沿着帕芒提耶大道走了一段,拐进赛达因街,绕到市政府后面,穿过伏尔泰大道,走进一些窄巷和短街。这些窄巷很多都是死胡同,可以通向罗凯特街和赛达因街,还可以通向其他在白天时更为繁忙的长街,如沙龙街、德鲁伊街等,这样就可以横穿伏尔泰大道,直接连接拉雪兹公墓和巴士底狱。随着夜幕降临,寂静也肆意生长,商店和公寓的灯光逐一熄灭,积雪越来越厚,缓冲了他行走在这座鬼城里虚幻而黑暗街道上的脚步声。蓝色或黑色的塑料垃圾袋堆放在路边,像尸体一样变硬,落下的雪花堆积在它们的皱褶和分叉处。尽管他立起了大衣的领子,但莫尔万还是能感觉粉末般的雪花进入鼻腔,冰冷的空气使他的耳朵、额头和鼻尖发凉,寒冷让他昏昏欲睡,或者说,似乎拉大了他与其他事物之间的距离,这座荒凉的城市逐渐与他梦中的城市重叠起来。大雪缩小了视线的可见范围,城市的其他部分飘浮在他身边,似乎笼罩在一层几乎与黑色融为一体的灰色浓雾之中,落下的湍急雪幕让人感觉到更加寂静。矛盾的是，看着眼前落下的白色物体，眼睛告诉我们要为轰鸣声做好准备——就像下雨和下冰雹那样，但耳边却是不同寻常的寂静。几个月来，他一直在这里来回走动，对这里已经很熟悉了。尽管如此，他还是在黑暗的街道上徘徊了好一会儿，不知道怎么走出这些无法辨认的街道。天气很冷，但他在这个荒凉的城市里走了好久，身体开始感觉到温暖，后脑冒出了汗珠，向下流到他的脖子。即将到来的可怕事情让他内心无法平静。即将发生的不是犯罪，而是有什么秘密要揭开了。在这几个月，他一直都有这样的预感，但他不敢以明确的方式表述出来，也许是因为担心这种表述当中的残酷含义会打破最后一丝希望，把他扔进黑夜的深渊。他走了几个小时，过了一会儿，他进入了一种恍惚状态，就像他过度运动时一样，这种长时间的意识暂停状态也有让人愉悦的一面，但也让他从现实世界中分离出来，使他无法辨认出熟悉的人和事。也许是因为身体温度和外面冰冷空气之间的反差，他突然开始打冷战——他偶尔会有这种感觉。在转角处，他远远看见有一家药店的绿色十字霓虹灯正亮着，雪花斜斜地落下，他赶紧朝那儿走去，想要买一瓶阿司匹林。药房里空无一人，药剂师一脸睡意地从柜台后面走出来，几乎是一言不发地招呼着莫尔万。在他把找零的钱递给他时，莫尔万发现，钞票上印着戈耳工被一个稚气的椭圆形花环围绕的图像。他想转身对药剂师说些什么，但他改变了主意，耸了耸肩，发出一声讽刺的冷笑，让他知道这对他来说是多么荒谬。他走到街上，把零钱放进钱包，又把身上的纸币都拿出来，发现上面都印着斯库拉、卡律布狄斯和戈耳工，最大面值的纸币上印着奇美拉，它们都在那令人费解的椭圆形花环之中。在闪烁的绿色霓虹灯下，雪花也被染上了淡淡的绿色，像是氯气的凝块。莫尔万明白，不知在什么时候，不知怎么的，在雪地里走着的他已经以一种无法理解的方式穿越到了另一个世界。这个世界和现实世界并没有多少不同，但已不是一样的了。这些东西让他内心越来越不安，有一种类似痛苦的感觉。一切都更大，更安静，也更遥远。天仍在下雪，但雪花是灰色的。在一个小广场上——他也不知道是怎么突然到那儿的——他看到了一座奇怪的地标。这个雕像难以辨认，他不知这是有意而为之还是风吹日晒、石头老化而造成的，像是个巨大的人像，又像是带翅膀的怪物，半人半马，章鱼，骑马雕像或者猛犸象。那可能是一个宗教纪念碑，可能是这片没有名字的土地上大家都崇拜的神灵。与其说是害怕，莫尔万心里更多的是疑惑。他继续向前走，缓慢地穿过灰色的雪幕。突然，在这个巨大而空旷的城市的某处，传来了一声声持续而遥远的敲击声。他停下脚步，想要找出声音的确切位置。在似乎确定了大概方向后，他就朝那儿走去。那应该是正确的方向。敲击声越来越大，当声音近在咫尺的时候，他还听到有人着急地唤他："警官！警官！"

他睁开双眼。感到头隐隐作痛。他之前就想，应该是有人在敲门，把他给吵醒了。像往常一样，他在特别行动办公室值班官员休息的小房间里睡着了。房间很小，没有多余的东西，完全符合莫尔万那简朴的风格：里面只有一张折叠床、一个床头柜、一把扶手椅、一张桌子、一个衣柜和两把椅子，房间朝向一个窄窄的内院，院子被高墙围起，墙上没有窗户，灰色的石头因为风吹日晒而发黑。莫尔万打开床头灯，从床上坐起来，才发现自己没有穿外套，只穿着套头衫和裤子，甚至还穿着鞋子。他对此也不感到惊讶，因为这种情况在他身上时有发生，尤其是在办公室休息的时候。在那些时刻，总有一种不安的紧迫感涌上心头。就像前一天，他吃完午饭，透过办公室窗户的冰冷玻璃看着梧桐树那光秃秃的枝丫，他就确信，他在这几个月一直追寻的影子，那个近在咫尺却无法触碰的影子，就跟他自己的影子一样的黑影，已经从他蛰居的黑暗隐蔽的阁楼里走出来了，那重复的对死亡的渴望就像从时间起源便开始运作不息的锯子，在它的驱使下，他准备出手了。

　　一直敲门的是一名当班的探员，他收到了一个电话警告：雷格诺街上一栋大楼的门房很担心，因为那天早上她原本要陪一位老太太去医院的，但那位老太太没有应门铃，也没有接电话。她请求派一名警员过来开门，因为她自己一个人不敢进屋。莫尔万看了看手表，七点十分。他拉开窗前的蓝色窗帘，窗外仍是一片漆黑。在墙身的凸起部分、屋顶、小院子的地面和窗台上，他能看到积了一层白雪，在十二月的漆黑早晨中散发出晶莹的光芒。

　　他的早餐仅仅是一杯溶解了阿司匹林泡腾片的水。他把药瓶放回外套的口袋，以防要在调查的公寓里待很长时间。开车的警员想要按响警笛，但坐在他身旁的莫尔万用一个手势无声地制止了他。积雪覆盖了人行道、广场和屋檐，覆盖了树木那光秃秃的枝丫，树上挂着一些又长又锋利的冰晶，像是玻璃刀一样。从清晨开始，就有很多汽车在路上行驶了，在街上留下了凌乱的脏兮兮的雪痕，唤醒了莫尔万内心深处的一种感觉，感觉自己在不久前就见过这个场景，他没有发现，这是因为街道上的脏雪和梦中的灰色雪花很像。在一楼的房间，门房正透过窗户张望，焦急地等着他们的到来。她约莫五十来岁了，可能是因为生活的艰难，透过玻璃，她的眼睛显得很大，头发显然是染黑的，还很凌乱，显然是因为早上的惊吓而没有时间整理，厚实的身体上裹着被单。莫尔万松了一口气，以可怕的中肯方式估算，如果她的命运取决于那个喜欢把老太太撕成碎片的男人——或别的什么东西——的话，那她还有很多时间。据他的经验，她似乎还太年轻，不适合受这种折磨。他和警员站在门口，听到了电动门的"吱吱"声。他们推开那扇沉重的精雕细琢的大门——门上还带铜质把手，尽管已经一个世纪了，但这栋大楼并没有丢弃应有的奢华——走进黑暗的走廊，门房已经在那儿拿着钥匙等着他们了。

他们气喘吁吁地爬上四楼的楼梯，门房把钥匙转了两圈，好不容易才把门打开。莫尔万没有走进公寓，而是把手伸向门边，摸索着电灯的开关。当他摸到开关的尖锐凸起时，他用食指按了一下，打开了入口的灯。那是一个狭窄的前厅，有一面镜子、一个衣架和一张窄小的圆脚桌子，紧靠着镜子下方的墙壁。这个狭小空间的地上铺了绿色的粗麻地毯，显然是用吸尘器仔细清理过的。可能整个公寓——除了浴室和厨房——的地面都铺了这种地毯。莫尔万没有跨过门槛，他仔细检查着前厅，而探员和门房则想越过他的肩膀，看看屋内的情况。

"看。"莫尔万把探员叫到一旁，想给他看点东西。在通向其余房间的紧闭着的前门和三人所在的敞开的大门之间，也就是门厅的正中央，在浅绿色的地毯的映衬下，有一样东西特别显眼——一张不比二十分钱硬币大多少的白色碎纸。

我敢肯定，在探员看来，莫尔万的脸突然罕见地变得惨白，是因为他昨晚很晚才睡觉，肯定是超过十二点了。探员知道这件事，因为他是在十二点钟开始值班的。很久之后，他才看到莫尔万走进特别办公室，脸上带着一如既往的抽象神情，既亲切又疏远，他的帽子和大衣肩上都有雪。但他肯定也注意到了一个细节：莫尔万盯着那张碎纸看了几秒钟，微微向左侧头，定睛看着，似乎着了迷。之后，他扭头看向探员和门房，似乎把他俩当作证人了，用一种几乎是庄严的官方语气说道："现在我们可以进屋了。"

他跨过门槛，踏进小前厅，跪在地上，眼睛没有离开过那张白纸——它在浅绿色的地毯上显得格外醒目。他从钱包里抽出一个透明的塑料小信封——大概是一包烟的大小，他的钱包夹层里放了好几个仔细折好的小信封——用手指按住顶部的硬边，把信封打开，把开口放在距离白纸几毫米的浅绿色地毯上，之后，他戴着手套的另一只手的手指，将纸片推进信封，左手的拇指和食指不再按压开口的硬边，信封自己就合上了。他用戴着手套的手摇了摇信封，让纸片滑落到信封底部，确保没有问题之后，把信封放进口袋。之后，他向前走了几步，打开通向屋内的门，看了一眼，转身让门房下楼去自己的房间，哪里都不要去。尽管还没看到屋内有些什么，但探员已经明白，对于特别行动办公室来说，艰难的一天刚刚开始，而幸运的是，昨晚值班的他很快就能得到解脱了。

与狭小的门厅相比，客厅里一片混乱，准确来说，是一片血腥。厄运可能是毁灭性的，但从来都不是有条不紊或细致谨慎的。诚然，从某种角度来看，所有的人类行为都是疯狂的，但谨慎的做法是把"疯狂"这个词留待形容某个特定的情况，不是指那种与理性格格不入的情况，而是指根据一个外界无法理解的完整意义系统统治世界的某种理性所带来的结果。莫尔万知道，对于作案人来说，房间里的情景是有意义的，但除了凶手以外，没有人能明白。当中有太多的含义了，远远超过了一个普通头脑在这个昏暗的无声世界里所能勉强接受的微小数量。在凶手自己的秩序里，事物本身惯常的、象征的或实际的目的已被抽离，它们被重新整合为不同的符号。就和这些技术文明的产物一样，如果把它们丢在丛林里，让一个未知的部落给捡到了，它们就会被刻在那时间之初的、声称早已预见这些物体的出现的必要的宇宙演变之中。

就像某些仍可辨认的雕塑碎片一样，从粗糙的石头、翻倒的椅子、破碎的餐具、散落的掉页的书籍、火烧的痕迹、酱汁的污渍、烟灰的印子、血迹、排泄物、撕烂的衣物、倒下的台灯和那被刺得露出了里面的弹簧和海绵的扶手椅中，仍能辨别出前一天晚上发生了什么。曾有过一次双人晚餐；一张小茶几上放有扑克，可能两人在晚餐后还打了牌；在同一张桌子上，还有两杯原封不动的白兰地，和一些用来计分的彩色筹码。根据这个宗教的惯例，主婚人同时也是神和造物主，是教义和阐释，是教会和信徒，是赎罪和惩罚，是单词里的阿尔法和欧米茄。当女受害人刚好一直在获胜时，牌局就被这个仪式打断，这可以从她身边那堆筹码判断出来；而她的位置，则可以通过桌子这侧翻倒的扶手椅和筹码上的血迹推测出来；二十八号老太太躺在晚餐餐桌上，这是从桌旁地面上那破碎的餐具、烤牛肉和烤土豆的残羹，以及剩下的奶酪、沙拉和巧克力蛋糕判断出来的。莫尔万推测，女主人应该腰酸腿痛，因曾患肺气肿而心肺功能较弱，所以为了不要老是起身，她就把所有的菜都放在一端，让两人可以在另一端用餐，这样她就可以休息一下，两人也可以坐得更亲密些；她应该生活得不错，因为遭受飓风前的公寓显然布置得很舒适，她的退休金应该不少，可能还有丰厚的收入。再说下去，就是把时间浪费在无关紧要的琐事上了。当时，她已经面目全非了，与我们对社会阶层甚至人类身体的认知是完全不符的。在她被置于刀下之前，在那个一丝不苟的造物主于那些不可预料的分岔路口看见她时，在他可能是纯粹出于偶然地选她为仪式的祭品的时候，她的一切具体特征、肉体、神经、情感、记忆，就统统被剥夺了，她只能在那一个晚上成为他与之开战的原则的具体化身。她生前应该很瘦，年轻时或许很漂亮；毫无疑问，尽管她年事已高，但她应该在冬天花了钱去美容院晒日光灯：她的皮肤带有皱纹，肤色却是好看的深色，死亡的惨白还未渗入其中。但是，请原谅我的执着，我们应对"死亡"一词达成共识。如果我们认为只有主体才有死亡的权利，那么在这些事件里，死亡的概念就消失了。那个男人——或别的什么东西——把她仰面绑在桌上：她额头处有一根绳子，从桌下穿过，好固定头部；在大腿和脚部也分别有一根绳子，用以固定；他用胶布封住她的嘴巴，让她没法大叫；之后，他用还通着电的电动刀，活生生地在她身上割开一条从喉咙到阴部的大口子；然后，他把伤口的两翼往外翻，使伤口的形状看起来像是一个巨大的阴道——虽然无法知道这是不是处理肉体的艺术家的意图，但眼前的景象实在无法不让人立刻产生这种联想。尸体已经完全失血了，内脏外露，加上皮肤上的皱纹，让它看上去就像是一个瘪掉的充气娃娃，或者更像一个腐烂已久的水果的外壳，或是一个空荡荡的麻布袋，里面的乱麻被一只愤怒的手全部掏出，胡乱撒在客厅里。

莫尔万让探员给特别行动办公室打个电话，与此同时，他对公寓进行了检查。在客厅的一角，他发现了一个空的香槟酒瓶，应该是凶手把受害者放到餐桌上时滚落到地面的；厨房相当整洁，装餐具的抽屉开着，水槽里堆满了脏盘子，女主人肯定是想在客人离开之后才把它们放进洗碗机；冰箱里的东西并不多：黄油、一盒牛奶、一些鸡蛋、四杯脱脂酸奶和一瓶珍藏级别的香槟；卧室也是井然有序。此时，探员已经和特别行动办公室通完电话了。于是，莫尔万快速地看了卧室一眼，走向浴室。他把灯打开，在那儿停了好一会儿。除了淋浴喷头最近被使用过以外，浴室里没有任何确切的痕迹，只有实验室才能判定究竟是谁在什么时候使用过喷头。但是，在这个地方，莫尔万有一种近距离的迫切感，这种感觉让他很痛苦。他检查了浴室里的所有东西、洗手台、马桶、浴缸、梳妆柜和镜子。他带着浓厚的兴趣，一寸一寸地检查着那抛光的表面。他的脸庞倒映在这些表面上，但他们的目光甚至没有交错，倒影对他漠不关心，正如他对它亦是如此。他肯定，在到客厅折磨完受害者之前，那个男人——或别的什么东西——就在这个铺着白色瓷砖、在灯光下闪闪发光的浴室，以一种比镜面反射更让人迷惑的方式，变成了魔鬼。他很有可能就在这里脱掉衣服，小心翼翼地把它叠好，避免仪式在衣物上留下什么痕迹；后来，他回到这里淋浴，穿上衣服，用备用钥匙锁上了身后的大门，走到街上，恢复了人类的皮囊，混进了人群当中。在这个脱下衣服的插曲里，他释放了那在死胡同般的灰色单调日子中所沉睡的东西——那黑暗的结块。而这个浴室就是他的圣坛，未知的神灵由于某个神秘的原因在每个个体都无比相似的茫茫人海中选择了他，让他成为自己的化身。

过了一会儿，孔贝斯带着医生、摄影师、实验室的人和其他工作人员一起赶到现场。劳特休假了，而居恩则要到中午才开始值班。莫尔万显得有些疏远，言简意赅地解释了他所了解的情况，并让孔贝斯负责其余的行动。他自己则会回到办公室，一直待到吃午餐的时间。在一楼，在一名女警员的陪同下，门房正在哭泣。她一手掩脸，手肘撑在桌面，另一只手放在膝上，握着一张皱巴巴的纸巾。房门敞开着，但经过的莫尔万假装没有看到，径自走到街上。快要八点半了，空气仍然是昏暗的，发蓝的，而那统一的灰色早已预示了这情形会一直持续到天黑。莫尔万沿着罗凯特街,走向莱昂-布鲁姆广场。在某些人行道上,积雪仍然完好,莫尔万觉得鞋底下的积雪非常坚硬,但脆脆的白雪上仍有他留下的脚印。有一种低沉的雾气笼罩着城市,还没能看见天空。莫尔万抬头看,不能确定是不是会再下雪。食品店、蔬菜店、肉店、文具店、奶制品店都已经开门了,但很多都是空荡荡的,柜台后的店员一动不动,货物以一种近乎珍藏的方式摆放在橱窗和陈列柜里。在灯光中,这些店铺更像是一些同等大小的模型,因为天气寒冷而紧闭的玻璃门更突出了这种幻觉。莫尔万走进"酒庄"酒吧,靠在吧台上,喝了一杯牛奶咖啡。他用有点夸张的动作小心地把牛角包泡在咖啡里,以免弄脏自己。一种致命的不安向他袭来,那是一种让人绝望的无名悲伤,就像是身体的疲累,突如其来,对他来说是如此陌生。他把帽子往后拉了一点,用手背碰了碰额头,看自己有没有发烧。酒吧里很暖和,但他的皮肤却是冰冷的。几分钟后,这种感觉就消失了,他的四肢变得软绵绵的,他想,大概是因为疲累和今早把他吵醒的那起事件吧。他走出酒吧,穿过广场。市政厅和伏尔泰大道上的灯饰还亮着,毫无疑问,在接下来的一天都会如此。天色阴沉,可能在这个月的余下时间,这些灯都不会熄灭。莫尔万慢慢走进特别行动办公室,给工作人员下了些指示,然后走进自己的办公室。

他用钥匙锁上门，脱下手套、帽子和大衣，小心翼翼地把它们放在椅子上，没有开灯，走到窗前。梧桐树那光秃秃的枝丫上挂着锋利的冰晶，白雪覆盖了树干的顶部。从上方俯视，人行道发出了蓝色的震动，行人的脚步已经开始搅动着积雪，路面被踩躏得脏兮兮的。一些道路、窗台和外墙上还有完好的积雪，这些无瑕的白团让他再次想起了小时候神话故事中那头洁白无比的公牛。那本书是他父亲一次旅游后给他带回来的礼物，他一直把它带在身边，仍喜欢时不时地翻阅。那头公牛顶着半月形的牛角，在泰乐还是西顿的海滩上——他记不太清了——掳走了少女。公牛先是假装温顺，博得她的信任，在仙女坐上他那强壮的背部之后，他就带着她穿过大洋，到达克里特岛，在一棵梧桐树下占有了她。因此，神灵许下承诺，梧桐树永远不会掉叶子。但这也如其他承诺一样，永远没有兑现。那白色公牛也是天神，一位既隐蔽又显眼的狡猾的天神，他既不残忍也不宽宏大量，他一半在阴影中，另一半在光明中；他没有理性，也没有法律，只遵循自己那激烈的欲望；在他那肆无忌惮的自我当中，他可以让河流倒流回源头，让太阳停止那单调的周期运动，让苍穹中的一颗颗星星起舞、崩溃。一切都只是因为他愿意。

莫尔万转过身来，打开柜子，小心翼翼地从里面取出装满碎纸的烟灰缸，免得纸片飞起来。他坐在书桌前，打开灯。他轻轻地把烟灰缸里的东西倒在光滑的桌面，开始不慌不忙地把碎纸分开，像拼图一样把它们排列好。他一张张地选择与已经排好的部分相匹配的纸片，如果不对就把它们重新放进纸堆。他手上做着这些事，脑海里什么都没想，只想着怎么把纸片放进对应的空位。他花了好一会儿才复原了那封来自部委的信。他整理好所有纸片，发现单单缺了一片，大概是二十分硬币的大小，就在签发信件的部委官员的签名处，缺的这一块刚好是签名和部委印章的地方。莫尔万从口袋取出烟盒大小的塑料信封，手指压在开口的硬边位置，打开信封，把它倒过来，把里面的纸片倒在桌上。那是他从整洁的小前厅里的浅绿色地毯上收集的纸片，在案发之后，除了那个男人——或别的什么东西——以外，没有人到过前厅。在像雕塑家使用锤子和凿子一样用完电动刀之后，他就去浴室洗了个澡，不慌不忙地穿上衣服，检查了没有留下任何自己的痕迹，用备用钥匙关上门，把钥匙收好。但昨晚，他犯了第一个疏忽。也许纸片是在关掉前厅的灯之后才掉出来的，大门关上时产生的轻微气流把纸片带到浅绿色地毯上。它就在大门和前门之间的中央，位置很显眼，几乎白得发光。纸片背面朝上，落在桌面。莫尔万慢慢地将它翻过来，发现另一面确实有一些文字和印章的碎片。于是，他小心翼翼地把它放进缺口处，纸片正好能放进去：拼图终于完成了。

莫尔万靠在扶手椅上，双手交叉放在腹部，定睛看着天花板，一动不动。他脸上没有任何特别的表情，身体也没有表现出特别的情绪，只有房间里过于突然的寂静，他睁得太大的双眼，纹丝不动的头和双手，还有过于静止的靠在扶手椅上的身体。他脑海里挥之不去的是那时的场景：劳特警长将信的碎片扔向空中，白色的碎纸缓缓落下，散落在房间各处在完全寂静中的骚动。显然，在落下的时候，这张小纸片粘在了在场四人当中某一个的衣服上，或是落到了口袋里，或是落在外套或裤子的皱褶处，或是落在脖子处、手套里或帽子的丝带上，或是由于静电卡在某件毛衣的毛线里。他几个小时都没有察觉，纸片在他身上留下了不可磨灭的烙印，比用烧红的铁块在额头上烙下的文身更加清晰准确。起初，那只是一个非常低调、轻微的标志，但仅在一夜之间，它就变成了重罪判刑的证据，而白色也成为厄运的颜色。

在几分钟的静止之后，莫尔万又重新靠近那封复原的信件，端详了它好一会儿。所有纸片都大小相似，以一种不完美的方式连接在一起，边缘都是不规则的线条，像是蜘蛛网的曲折网线。有那么几秒钟，莫尔万有一种转瞬即逝的感觉，感觉自己才是那困在网中挣扎的猎物。但这种意料之外的感觉立刻就消失了，他对真相的偏好又让他沉浸在一系列的推理当中。他最先想到的是，这个发现并没有让他觉得很惊讶。当他看见浅绿色地毯上的那张纸片的时候，立马就猜到了它的来历。说实话，这并不算是一个发现，而是对一个确定性的印证，对他从未想过、却在这几个月内日夜陪伴着他的无言信念的验证。莫尔万知道，他一直追踪的影子就近在咫尺——不管是心理上还是身体上。猎狗和猎物占据了同一空间的中心位置，两人正是从同一个点出发，去追踪那个行动范围越来越窄的圆圈。神奇的相同视野把他们关在一个无法呼吸的死胡同里，让他们分别以自己的方式重复那对立却又无比互补的姿态。从某种意义上来说，猎狗就是猎物，猎物就是猎狗。一种几乎难以忍受的认同感占据了莫尔万内心。这种感觉是如此污秽，却没有让他感到恐惧，反而让他若有所思地缓慢摇头，脸上露出一个讽刺的微笑——每次找到新证据，他都会这么做。

在暴露在如致命辐射般的碎纸雨下的四人当中，莫尔万将自己排除在外，但心中并非没有保留，因为他知道，在证据面前，所有可以用在其他三人身上的论据，可以被他们用同样的逻辑来指控他。他想，也许他犯了一个错误，不该把前一晚从办公室走去雷格诺街的凶手所留下的唯一的有形证据留在自己的办公室，他甚至不能指望探员和门房的证词，因为对于莫尔万来说，这张纸片是无可辩驳的证据，而对他们来说却毫无意义，他们只见到这张纸片，却不知道它的意义和来源；指纹测试也没什么意义，因为最有可能的结果就是四人的指纹都在上面，而且，当莫尔万收好纸片的时候，它就失去了作为证据的有效性。现在，已经没有方法可以证明，这张纸片曾经离开过办公室了。

虽然他的行为让自己感觉有点不舒服——不至于说感觉奇怪——但莫尔万失去了对这个问题的兴趣，好专注于研究他想找的人的身份。他认识这三个同事很多年了，所以很难想象其中一个人能疯狂到犯下这么可怕的罪行。孔贝斯和居恩都是简单的人，智力中等，是两个循规蹈矩但高效忠诚的警察，总是按照他的指示办事，所以他才把他们带来特别行动办公室。他们没有什么自己的想法，但都是做事细心的公务员。在他看来，这些特点和凶手犯下的罪行之间的联系是可笑的，但他不认为这两人具备双面生活的能力；另外，这两个人都结婚了，而且都有孩子。莫尔万知道，这并不意味着什么，因为每个负责任和有爱心的父亲都可能会变成嗜血的怪物，这一点已经被多次验证了；但他是从逻辑而不是道德层面去反驳这一点的。他认为，如果他们在九个月内犯下二十八起案件，那他们的妻子，或生活在同一屋檐下的其他家庭成员，很难不注意到自己身边的亲人有一些反常、怪异或特殊的细节；即便是那个伪装得最好的人，他那个最没有疑心的妻子也肯定会在她丈夫折磨、强奸、斩首和肢解一个妇人之前或之后察觉到异样。从一开始，莫尔万就推断，凶手是独居的，而且可能是他的职业或特权地位的原因，让他可以获得受害者的信任；在这一方面，作为警察的孔贝斯和居恩完全满足第二个要求，但他们的家庭条件并不符合第一个假设；尤其是居恩，家里除了有妻儿，他还把岳母接到家里住。一个独居的无脸男人，无法忽视傍晚那可怕的、周期性的呼唤，在一种催眠的恍惚中，准备走出他那阴暗的公寓；这个情景不符合每天下班后家人团聚的画面：孩子们从学校回来，边看电视边吃点心，而大人们呢，因为工作而疲惫不堪，心情也不大好，正为孩子们准备晚餐。诚然，警察可以轻易地向家人解释他那不一样的工作时间，解释自己为什么常常不在家，但犯下这些罪行的男人——或别的什么东西——在开始连环犯罪之前，就应该建了一堵孤独的高墙，更确切地说，是一个将自己隔离起来的空间，一片属于自己的空虚的领土，一个其他人无法安全呼吸的区域，一个荒凉的不毛之地，在那里，所有故意或不小心进去的生灵都会立马变成一堆尘埃。随之而来的光环应该会激起比孔贝斯或居恩探员所产生的平庸的兴趣、惯常的服从和枯燥的职业交流更多姿多彩、更强烈的感觉或情感：尊敬、嫉妒、钦佩、诱惑或被诱惑的欲望、服从或被服从的欲望、恐惧、憎恨，甚至无法名状的同情、怀疑或盲目的追随。他所寻找的动物是狡猾的，放纵的，具备推理能力的，而且是残忍的；他既暴力又细心，尽管孤身一人——这和同时代的许多人都不一样，没有人会像他这样——他能同时过着不止一种生活。在他身上同时存在着逻辑思维和无法解释的行动。他如此陶醉在自己体内循环的毒药当中——而那毒药可能从他第一次接触这个世界的空气就存在于他的血液里了——对自己的残忍一无所知或漠不关心。他可能有一些偶尔甚至长久的朋友，但当两人分开之后，实际上很难知道对方在余下的时间、日子、星期、年月里做了些什么。他们甚至很难知道，在对方借口下楼买烟、去街角酒吧的那十分钟里，或是在自己转身取书、对方消失在自己的视野中的几秒里，另一个人做了些什么。由于职业关系，他可能经常搬家，或者有不止一间公寓——其中一间是固定的住处，而另一间则偶尔才去——比方说，就像特别行动办公室的小房间；在值班的时候，他们都会待在那儿；或者像莫尔万下班很晚、不想通勤的时候，也会留在那儿。那个男人——或者别的什么东西——力气很大，不然，他不可能在切开或肢解尸体时那样操作；他也很小心谨慎，在前二十七次罪案中并没有留下任何关于自己的痕迹。这个细节也可以证明他是一个警察，因为他有这份聪明才智，提前知道同事会寻找什么东西，让所有相关的痕迹消失。至于他留下的东西——一些头发（如果真的是他的头发的话）、精液和其他一些小东西——他很清楚，这些东西只能作为对比层面的依据，而无法成为证据。另外，莫尔万认为，他是故意留下精液的，因为他喜欢别人知道他实施了强奸。莫尔万早就知道他穿着得体，外形很好，可能比一般人长得更好看，因为在所谓的仪式之前，一些老妇人就被他的魅力给吸引了。在这个时代，这当然是不够的，他还需要得到别人的信任；为了获得别人的信任，警察证应该能派上用场。他可能在街上接近受害人，或者给她们打电话，说自己要去检查是否一切正常，看她们是否正确采取了安全措施；很多时候，他应该还留了特别行动办公室的电话，这样，她们对他就更加信任了。也许，在他被邀请去共进晚餐之前，他已经和其中一些人见过几次面了；或许他故意在开胃菜或晚餐的时刻才出现，用风趣体贴的话语填补了老太太的寂寞，那他就能轻易留下吃晚饭了。他甚至还可能在办公室就给她们打电话，告诉她们自己要过去，然后带着一瓶酒、几盒巧克力、一本书或者一盒录像带作为礼物。有时候，也许警察证也不能让老太太放心让他进屋。出于某种确切的原因，那个男人——或者别的什么东西——可能有着一张比其他同事更让人感到熟悉的脸庞。诚然，尽管莫尔万是出了名地谨慎，但由于他的定期巡视，在白天特别是晚上长时间地散步，加上他曾多次到大楼检查，进入许多私人公寓和看门人的房间，看他们是否真的采取了宣传里所说的安全措施，所以他在整个街区都是出了名的了。虽说他经常出现在行动现场，但和其他同事相比——比方说劳特警长——他的知名度还是相对较低的；劳特每周都要上电视，通过老太太们口里的"小屏幕"，亲自面对面地向那些被吓得不轻的老太太喊出口号。显然，在整个大队里，劳特是最有名的警察了；这也是多亏了电视，九个月的周报工作让他成为一个相当受欢迎的人物。如果是劳特的话，他甚至不用出示警察证，就能进老太太们的公寓或随便哪个地方了，不只案发的这个街区，还包括整个城市，甚至全国。那个被驱赶的影子不时地冒出来，在他盲目服从的铁律的驱动下，他一次又一次地发动了袭击；在所有人的眼皮子底下，他用电视机上的那个保护性的、让人熟悉的彩色图像来隐藏身份；因此，在敲门之前，他就已经获得了受害者的信任，和她们建立起亲密的关系了。莫尔万内心没有一丝波澜——他对此也不感到奇怪——明白他这段时间一直感受到的那让人焦虑的近在咫尺的感觉了；这种感觉不断生长，快要把他逼疯了。他有预感，劳特警官，他的老朋友，也许就是他一直在寻找的人。

"我用我的脑袋打赌，肯定就是他了。"托马蒂斯说。

"托马蒂斯！"皮琼大声叫他的姓氏，用夸张的责备语气说道，"我们现在可不是在什么随随便便的破酒馆里！"

"不管怎么说，他连脑袋都押上了，"索尔迪说道，"即便他想这么做，也不能冒这个险。"

托马蒂斯把双手抬到胸前——他的手掌比晒黑了的手背要白——一边向外做出抵御攻击、批评和反对的手势，一边摇着头——在索尔迪看来，这就是他的抵押物。托马蒂斯用一种冷漠的语气，装作权威地说道："我想说的是，从一开始，真相就很明显了。"

"但是，"皮琼说，"故事发展到现在，我们还没到结局，现在仅仅是问题的开始。"

"廉价的悬念。"托马蒂斯一边朝索尔迪——而不是皮琼——说道，一边意味深长地用头指了指皮琼，这个动作的意思大概是：我告诉你，这个人用了一些没什么水平的方法来迷惑我们对故事的看法。

"我们拭目以待,"皮琼说道,"现在咱们先吃点东西吧。"

话音刚落,年轻的服务生就来到了他们身边——皮琼之前就注意到他沿着碎砖小路朝桌子这边走来了。最初的三个啤酒杯已经空了一段时间了,服务生意识到自己来晚了,先在桌面放下三杯金黄色的啤酒——顶上有一圈厚厚的白色泡沫——然后继续上菜:去皮切块的萨拉米香肠,一小碟浸着油的青橄榄,几片那不勒斯风味比萨(上面有番茄、马苏里拉奶酪和香料牛至);那肯定是从一个大的比萨中切出来的,那几片比萨原本是三角形的,现在被分成了许多不规则几何形状的小块;最后还有一个装满椭圆形面包片的金属篮子,以及主菜——仍然温热的炸肉,伴有酸黄瓜和多汁的黄柠檬块。牙签,餐具,盐,黄芥末酱,还有常规的下酒菜。这样,他把托盘上的东西都放在桌面,又开始收拾桌上的空碟和空杯。

"希望之后能上得快些。"托马蒂斯说道,语气中带着请求,但实际上,却是一种警告或责备。

"好的,"服务生说道,"因为之前他们在换酒桶。"

"我从啤酒的泡沫就看出来了。"托马蒂斯说。

服务生假装没听到,只有托马蒂斯听见自己的反驳之后笑了；说这句话的人应该很聪明，原本也没什么恶意，却似乎冒犯到了服务生，后者默不作声地走向了吧台。等他走远，皮琼才对托马蒂斯说："我不知道你还是个坚贞不屈的完美主义者。"

"左有四情都亚达到完美。"托马蒂斯说道，他咬着一块形状不规则的热比萨，嘴唇不敢碰到比萨，口齿有些不清。皮琼转头看向索尔迪，说："我承认他是个坚持自己原则的人。"

索尔迪一边往嘴里塞了一块面包，一边安静地点着头；他嚼着嘴里的食物，像之前那样，看向了白色围栏和黑暗街道之外公共汽车总站；那栋扁平的大楼是二十年前建成的，但皮琼还是把它叫作新站，因为那是他离开之后才投入使用的。听着皮琼和托马蒂斯的谈话，他再次强烈感受到，自己似乎在看一场喜剧表演，而自己就是唯一的观众；他又问自己，两人在独处的时候，是不是也是这么说话，说这些内容呢？两人现在似乎不错，可以把握自己的言行，两人如此不同，又如此互补；他们就像是正在表演的演员，不管作品有多长，他们都能享受到为外在世界而生活的权利，或者说，他们自己就是那个外在世界，带着独立于构成生活最隐秘结构的所有逻辑和意志之外的思想碎片、矛盾感情、奇怪感觉以及迅速且不可理解的零碎画面。他们给人的印象是，他们是身体健康，内心坚定，没有痛苦。有那么几秒钟的时间，索尔迪认真地思索着，但他几乎立即就出乎意料地反问自己，他们真的如此外化吗？真的如此接受自己？他们真的能接受单调却又暗含危险的生命，接受生命的无意义和无解，对它不抱期待，并在当中找到一种宁静吗？

显然，他错了。比方说，在过去的这一天，除了共同的经历、图像和感觉以外，每个人都带着自己的记忆；换句话说，直到永恒的尽头，那些记忆是语言所无法抵及的，是无法沟通的；两人都以为伤口结痂了，但只要一个小小的刺激，旧伤又会开始流血。在加托和埃莉萨失踪的那段时间，埃克托尔和托马蒂斯用尽一切方法去找他们，但还是一无所获；而皮琼却不愿意过来，他说，不管怎么样，两人都不会再出现了，而他在欧洲已经成家了，他的家人需要他，他也需要他的家人，他不想离开他们。埃克托尔会定期告诉他搜索的情况，到最后，在没有任何结果的情况下，他们放弃了寻找；但是，在几乎两年的时间里，托马蒂斯和皮琼都没有来往了。事实上，是托马蒂斯不再回复皮琼的信件；皮琼花了几个月才明白当中的原因，也就不再给他写信了。两年后，在皮琼的意料之外，托马蒂斯给他写了一封很长的信，两人才恢复了联系；在信中，托马蒂斯告诉他，经过几个月的痛苦和矛盾的思考，他才明白，皮琼这种过度谨慎实际上是一种恐惧；那并不是如他们所说的害怕自己遭遇与兄弟同样命运的恐惧，恰恰相反，而是对于直面这两个重复的个体有如此多差异的恐惧；他们两人从在母亲的子宫中就亲密相连，他不可能以其他的方式，而只能通过似乎来自相同感官和智慧的感觉和思想来感知和构想宇宙；他害怕看到自己的兄弟在空气中消失得无影无踪，更害怕看到一堆来自未知土地的无名白骨。

今天下午，在他们从华盛顿那儿回来的路上，皮琼在乌巴哈伊河拐弯处向儿子展示了林孔的房子；那时候，他就觉得，托马蒂斯的脸上似乎蒙上了一层阴影。小船平缓地前进，仁慈的空气在流动，傍晚的太阳让空气中的炎热有所消退，但回忆起那一刻，皮琼还是感到一丝痛苦，不仅是因为托马蒂斯，更是因为他自己的儿子——他脸上刻意的冷漠并没有完全遮掩那激烈的情绪；皮琼把这归结为少年脑海中关于加托和埃莉萨失踪时的那段可怕时期的痛苦画面。那是他的两个孩子第一次看见他流泪；那时候，他一整个星期红着眼睛在家里走来走去，对外面的情况毫无知觉。如果索尔迪认为身材结实的托马蒂斯和皮琼看上去无忧无虑，可以逃脱自己内心深处那如繁星般不断爆裂的持续拉扯或火花的话，那他就大错特错了。他们只是因为相识多年，有了一种风格上的共谋，有了不言而喻的共同守则，两人都学会了不要表露得太多。

看着眼前那稍微有些不一样了的皮琼，托马蒂斯感到不安。看着他在华盛顿的房间里俯身研究"匿名文件"，托马蒂斯觉得，他的兴致勃勃是假装的，是居高临下的；因此，托马蒂斯略略感到耻辱，他想，也许皮琼根本不关心那些小群体的冲突；在回程的路上，皮琼让索尔迪口头概括一下那本书的内容，这也让托马蒂斯觉得，他纯粹是出于礼貌，而非真的感兴趣。由于这份"匿名文件"，两人保持了频繁且热烈的通信，但托马蒂斯觉得，在皮琼到达这个城市的那一刻，他突然就变得冷漠、厌倦和疲惫了；世界上很多事情也正是如此，比如地方，比如物件，比如爱情，事先的想象总是比实际的经历要浓烈得多。不管怎么说，皮琼的冷漠在加托身上到了无情有时甚至是残忍的程度。而现在，承受这份冷漠的正是托马蒂斯。那些活泼的信件让他忘记了皮琼的冷漠，但托马蒂斯还是能用清晰的头脑去冷静地分析；这份冷漠是他无法接受的，也对他造成了伤害。

但这一切并没有影响两人的关系。每个人都把错误归咎于自己，就像托马蒂斯认为这种屈辱感来源于自己而非皮琼，这几年来，皮琼一直暗地里责怪自己没能在加托和埃莉萨失踪的时候赶回来；自从他回到这座城市，他甚至不想在卖出前再去看看林孔的房子和他母亲的公寓，他认为，这也是心中自责的延续。在内心深处，他允许也接受了别人对自己行为的阐释，而这些别人，目前就是两个人——埃克托尔和托马蒂斯。但是，埃克托尔暂时还在欧洲——最近几年，他到巴黎时经常在皮琼家里留宿；因此，托马蒂斯就是唯一的法官。他知道，托马蒂斯从来不会用言语、眼神或者意味深长的态度来表达这个判决，但皮琼还是决定，不管怎么样，都会把他的裁决当作是公正的。

"我的意思是，"托马蒂斯一边说着，一边俯身靠近那盘炸肉，重新回到被服务生打断的对话来，"用他自己的话说，猎狗和猎物总是用同样的方式来推理。"

"我们的想法是一样的，"皮琼说，"但我想跟大家讲完这个故事。所有报纸都刊登过。"

"那难道就能说明那是真的吗？"索尔迪张嘴反对。他的嘴巴藏在那黑胡子之后，像是烧焦植被旁边的一个石窟；他往嘴里塞了颗深绿色的橄榄，还没来得及吐核儿，立刻又把一片红色的萨拉米香肠放进嘴里。他一边咀嚼着嘴里的食物一边想，托马蒂斯经常提出的这个论点，在皮琼看来，应该体现了托马蒂斯对自己施加的过度的甚至是腐败性的影响。他想为自己说出这句话而感到羞愧，但他保守的本能让他想到，毕竟，他年轻、聪明、有钱、有文化，还有很长的日子在前头，因此，他并不在意自己对托马蒂斯的真心赞赏可能被别人视作奴性的符号这件事情。

"我指的并不是故事的真实性，而是我说的话的真实性，"皮琼说，"如果你们不相信我，我可以把那些报纸寄给你们。"

索尔迪半信半疑地把橄榄核儿吐在手心，把它放到烟灰缸里。托马蒂斯注意到他的犹豫。

"别听他的，"托马蒂斯说，"那是法国批评家的通病。"

皮琼笑了。

"真的，"他说，"所有的报纸都刊登了这事。更重要的是，这事情就发生在我家附近。"

"真是让人无可辩驳。"索尔迪不屑地说，恢复了往常的神色，话语重新带着讨论的语气。那语气就是用讽刺的方式提出反对或赞成意见，而不确定它们是否被他人理解或接受。"不幸的是，《在希腊帐篷里》的作者已经解决了这个问题。"

皮琼习惯性地以一种有点浮夸的方式挑了挑眉毛，摆出一副质疑的表情，或多或少地表达了这个意思：根据诸位跟我讲的内容，我不觉得那部文稿和这个问题有什么关系。

"那两个士兵，"索尔迪说，"那两个看守墨涅拉俄斯[1]帐篷的士兵。"

皮琼和托马蒂斯那饶有兴趣的神色刺激了他，让他有点飘飘然；这都过多地——或者有点太多地——显露在他的脸上。索尔迪解释道，在小说的两个主要人物——老兵和年轻士兵——里，几天前刚从斯巴达赶来的年轻士兵更了解战争。故事大部分都是发生在木马进城、特洛伊城被毁的前一个晚上。老兵已经在斯卡曼德罗斯平原上待了十年了，却从未从近处看见过特洛伊人；也许这是因为他是墨涅拉俄斯军队的一员，也许他负责处理后方的军需和安全问题；而对他来说，"特洛伊人"这个词只能让他想到一些小小的人儿，他们在平原上的某个点跟希腊人作战，然后再去下一个点，第三个点，如此类推。在围城之初，墨涅拉俄斯带领使团进城去接回海伦时，老兵则负责在营地里站岗（他从未见过她）。即便是有特洛伊使团来谈判，他们也总是在阿伽门农的帐篷里接待。对他来说，特洛伊就是一堵遥远的灰墙，不时可以看见有模糊的人影走动。

---

[1] 希腊神话中斯巴达国王，阿伽门农的弟弟，海伦的丈夫。海伦被帕里斯拐走后，他与弟弟召集希腊境内几乎所有的国王对特洛伊开战，特洛伊战争持续了十年。

至于他们正在保卫的英雄所创下的功绩,老兵几乎是一无所知,也许是因为他侍奉了这么多年,他的长官却没和他说过两三次话的原因。另一方面,年轻士兵却知道了自围城开始的所有事情,甚至是最细枝末节的琐事。不仅是他,整个希腊,也就是整个宇宙,都知道这些事情。即便是最卑微的希腊人也对这场战争的所有事实了如指掌。连战争爆发的四五年之后才出生的孩子,也会在游戏里进行模仿:所有人都想成为阿基里斯、阿伽门农和尤利西斯,而没有人想成为帕里斯、赫克托耳和安忒诺耳。甚至那些还没学会走路的孩童也想去收拾帕特罗克洛斯的尸体,而四肢健壮的成年男子则会在广场上模仿菲罗克忒忒斯或阿扬特那振振有词的样子,拄着拐杖的老年人会眉飞色舞地在路上一遍又一遍地讲着那些所有人都已经倒背如流但从不厌倦的故事。当冬夜的雪花落在孤独的群山上,家里的全部人——领主和仆人,主人和奴隶,男女老少——都会挤在火堆旁,一遍又一遍地听着这些故事。如果有旅人在穿越了荒芜的土地后遇到陌生人,比方说,遇到一个在偏僻的山谷里放了好几个月羊的牧人,他们可能连招呼都不打,直接就开始讲战争的事情了。在放羊回来后,一个牧羊人说,一天早上,自己的羊群开始莫名其妙地发出痛苦的叫声,后来他才从一个旅人口里得知,那天正是帕特罗克洛斯死去的日子。老兵分不清这些英雄的名字，因为他跟他们很少接触，对那些在年轻士兵看来无比光荣的事迹一无所知。对老兵来说，这场战争那为数不多的可见的影响只体现在两三件事里。比方说，一天，在一场所有人都认为非常激烈的战役之后——他只看见平原的远处有一团尘土——他的长官是负伤回来的。很多时候，通过墨涅拉俄斯的心情，他能推测形势是否对我方有利。有一件事似乎是肯定的，那就是正在进行一场战争，因为他的一些老战友被选去参与行动，之后却再没回来；因为有些时候他们会缺少面包、油——当然，在长官们的餐桌上从来不缺——和别的什么东西，这都表明，日子过得很艰苦。即便是遇到尤利西斯或阿伽门农，老兵也不会认出他们。长官们总是成群结队地一起来墨涅拉俄斯的帐篷，但即使他们单独出现，老兵也很难区分他们。不管怎么说，他已经这把年纪了——实际上他还不满四十——在很久以前，他就学会了一点：作为一个小兵，最好的就是什么都看不到，听不见，什么都不说，努力避免引起别人的注意。对年轻士兵来说，情况则刚好相反：他也从来没见过海伦，却知道关于她的所有故事、逸事和传说。他可能比她的丈夫或特洛伊情人——老兵不知道帕里斯的名字——知道得更多，那个特洛伊人违反了做客的规矩，趁着墨涅拉俄斯不在，勾引并绑架了她。此外，他说，海伦是世界上最美丽、最纯洁的女人。年轻士兵听说，一位埃及国王为前往特洛伊的两人提供了住处，而当他发现两人是私奔的时候，他把帕里斯赶了出来，还用魔法造了一个和海伦很像的人偶，让他信以为真，带着假人回到了特洛伊城，而真正的海伦还在埃及，容貌憔悴地等着丈夫的归来。对此，老兵的回答则是（这是索尔迪凭记忆说的，他说小说中的表达比他简洁的语言说得更好），如果这都是真的，那这场战争也是个骗局，但这对他自己来说没什么区别，因为他对这场战争——包括它的起因和它是一场骗局这个事实——知之甚少；如果有一天，他能回到斯巴达，有人让他讲讲战争，他的处境就很微妙了；但是，若他想在晚年有点消遣，他可能会去了解一下这些所有人都知道的著名事件和年轻士兵刚刚跟他说的这些事情。

　　托马蒂斯对索尔迪那冗长的解释感到满意，就不再看他，而是用期待的眼神看着皮琼，看看索尔迪的话是否产生了他所期望的效果，看他是否对华盛顿的小说及其文学遗嘱执行人——在托马蒂斯的操纵下由华盛顿的女儿任命——产生兴趣。他觉得，这在某种程度上也和自己的声誉有关，而皮琼脸上若有所思的微笑也让他放心了。早在三十五年前，他就知道，这个微笑同时包含了认同、同情和反思，而在紧随的短暂沉默之后，皮琼的回答也会随之而来。

"老兵拥有经验的真实，而年轻士兵则拥有虚构的真实。两者从来都不是相同的，然而，尽管两者的性质不同，它们也不总是对立的。"皮琼如此说道。

"没错，"索尔迪说，"但经验的真实总希望比虚构的真实更加真实。"

皮琼俯身用牙签戳了一块炸肉，一边直起身子，一边将它举到嘴边。

"我不否认这一点，"他说道，"但为什么虚构的真实总想要在公众面前炫耀自己呢？"

"多高的思想水平啊！"托马蒂斯的语气中带着明显的讽刺，但实际上，刚刚的对话让他很高兴。当然，他内心也略感恼火，因为他原本想用他的聪明才智插嘴说些什么，但他尽了最大努力还是什么都没想到。于是，在喝了一口啤酒之后，他决定再试探一下，好确认皮琼对"匿名文件"的兴趣。今天下午，当他们在华盛顿的书房里，皮琼研究着那份文件的时候，难道他没有想到什么不愿意大声说出的东西吗？还是他自己——托马蒂斯——搞错了呢？听到这句话，皮琼突然笑了，像是他要做恶作剧时被人捉了个现行，笑声不仅突出了他那些伎俩的无辜性质，还显示了发现这件事的人的敏锐。皮琼说，事实上，在他看到《在希腊帐篷里》的副本时，他就明白，华盛顿绝对不可能是作者，但他自我保护的本能让他不敢在华盛顿的女儿面前说出这个观点。托马蒂斯对皮琼的话表达了坚定的认同，他一边点头，一边用牙签敲打着一颗青橄榄，最后决定直接用手把橄榄拿起；索尔迪没有完全反对皮琼的话，但他想，自己必须要显示出怀疑的态度，以免公开背叛胡利娅对他的信任。胡利娅的疯狂让托马蒂斯很是恼火，却激起了索尔迪的同情；在她对华盛顿的迟来的纪念中，索尔迪感觉到的似乎不是伪善或兴趣，而是寻找，在几乎失去生命中的一切的时候寻找自己生活的意义。

"那人不一定是本地作家。"托马蒂斯说道。

"如果是本地作家，也许城里还有别的副本。"皮琼说。

"我一直在打听，"索尔迪说，"但似乎没有其他副本了。"

"那人不一定是本地作家，"托马蒂斯重复道，有时候，如果他没有得到对话者的明确认可，他会有点脱离现实地以为对方没有听到他的话，"也许是华盛顿的某个无政府主义朋友在三四十年代到过布宜诺斯艾利斯或乌拉圭，他写下这部文稿，把副本交给华盛顿。"

一场突如其来的骚动打断了他的话。皮琼抬起头，指着上方灯光和树冠的方向。

"蛾子,"他说,"暴风雨要来了。"

索尔迪和托马蒂斯同时抬起了头。夜空中不知从哪儿飞来了成千上万只白色的小蛾子,像是凭空出现的一般,绕着树上和院子白墙上的挂灯打转。它们飞快地转圈,互相碰撞,冲向亮光,发出了一声声刺耳的声音,像是一团让人意外的躁动的白色,吸引了餐厅客人的注意;客人们看着这幅场景,指指点点,它们像在人们的视网膜上突然出现一般地闯进了人们的话题。托马蒂斯认为,院子里不合时宜的躁动应该是城里——也可能是整个区域——的灯光所造成的,几百万只一模一样的、带翅膀的、颤颤发抖的盲目的幼虫,突然从黑夜的沼泽出来,舞动得令人眼花缭乱,在光亮附近颤抖一会儿,疯狂地在黑暗大地上打转,直到身体再也动不了为止。明天,它们将变成一堆干枯的、破碎的小花,不再有一丝生命的迹象,看不出它们曾是如植被一般的生灵,曾经带着大家都一样的痴迷和疯狂,漫无目的、毫无出路、成群结队地到处胡乱飞舞;那仅仅是披着永恒外衣的无意义和短暂而已。

"是的,"托马蒂斯说,"蛾子。夏天结束的时候,它们也该消失了。"

说着,他身子靠向椅背,头往后仰,想要看看金合欢树那巨大的树冠和棕榈树羽冠之外的黑色天空，但显然没能看到。他额头的汗珠快速地流过鬓角，流到耳朵，在下巴边缘、耳垂附近，汗珠落下，浸湿了蓝色衬衫的领子。他的脸上、手臂和脖子上的皮肤又黑又粗，像是皮革一样，结实得像是无法穿透；而某些部位，像是额头、眼周和嘴角处的皮肤，也像皮革一样有点皱褶。眼见好友看上去这么健康，皮琼心里很是高兴。托马蒂斯快五十岁了，却仍有一头乱糟糟的黑发，这更凸显他的青春。在他打量托马蒂斯时，心里总有一种转瞬即逝却强烈的关于连续性和稳定性的感觉，似乎托马蒂斯那不变的容貌——他二十岁的时候看上去比实际年龄更老，而现在五十岁了却看上去更年轻——可以证明，时间是温顺的，甚至是不存在的。对他来说，只有当下才是真实的，当下与事物的厚度不可分割，与可触及的世界范围相互交缠，以至于废止了当下的时间维度。现在，对他来说，时间和它带来的威胁就像是一个既多彩又可怕的传说。但躲在既粗糙又清晰的当下之中，他无须再相信那个传说了。索尔迪那在院子里的夜空中振动着的几乎是荧光色的浅绿色衬衫，突然出现的、在高处绕着灯光飞舞的蛾子，那些坐在白铁椅子上的客人，他刚喝下的那口啤酒的味道，把空酒杯放下后指尖的冰凉感觉，餐厅那白墙、茅草屋顶、吧台和厨房里的工作人员以及沿着碎砖小路走动的服务生共同组成的移动背景，静止的树木，彩色的挂灯，桌上的杯盘，所有这一切既熟悉又神秘的东西，似乎刚从一团虚无中绽放，一切都那么紧凑且鲜明，似乎阻碍了变化的流动，把他留在一个无法企及的遥远外部，似乎当下就在一个玻璃球中流逝，而时间的水滴却无法附着在那光滑透明的球体，只能滑落到破败且黑暗的永恒深渊。

在几分钟的时间里，他们继续安静地吃着东西，仿佛以机械的方式服从于一连串的肌肉运动，同时毫无章法地戳着炸肉、圆形的红色萨拉米香肠片、泡在油里的椭圆形而且带有光泽的深绿色橄榄、不规则三角形的比萨——融化的马苏里拉奶酪是象牙色的，透出底下番茄的鲜红色——和因玉米粒在锅里达到一定温度爆炸产生的形状随机的白色爆米花——也许只有灾难理论才能解释它们的形状。

"有一个我到目前为止一直忽略了的重要细节。"皮琼突然说道，他快速地与其余两人交换了一个眼神，确保他们正听着他讲话。在两人分开后，劳特与莫尔万的前妻卡洛琳有一段亲密关系。对莫尔万来说，尽管这件事似乎很明显，尽管他甚至觉得无所谓，但他心里也猜到个大概了。他不知道那是怎么样的一段关系，但他知道，劳特和自己的前妻经常见面，而两个人都没有坦诚地跟他说过这些会晤。是他提出离婚的，所以他深知自己不能对她提出任何要求。他反而希望那两人的行动不要那么隐秘，但他也发现，是卡洛琳要求低调处理的：尽管她以合理的平静态度接受了离婚——因为他们在很多层面上不再理解对方——但卡洛琳更希望继续和莫尔万一起生活，多年来，她一直尊重他，真心爱他。在某种意义上，如果她真的和劳特发展了一段关系，那也应该是她与莫尔万关系的一种延伸。我们不要忘记，劳特是莫尔万最好的朋友，在他们最快乐的时候，三人常常见面，像一家人一样。莫尔万确定，对卡洛琳来说，她和劳特的肉体关系是她逃离习惯的情感生活圈的尝试，也是以一种自相矛盾甚至对立的方式，用离自己最近的东西来逃离这个圈子。

但劳特的情况却不一样。在他那不成熟的万花筒般的情感生活中，有几段离婚和不愉快的婚姻经历。在某些时期，他到莫尔万夫妇家做客的时候，身边的女人每个月都不一样。在便衣警察的工作中，他和一些高级妓女保持了联系；有人偷偷地指责他拉皮条，但莫尔万知道，那不是真的，劳特只是在警察工作中利用这些女人——尽管他有些时候也会像别人所说的那样禁不住诱惑。劳特向莫尔万承认过这些事，说自己不时和这些女人上床其实是他职业职责的一部分。莫尔万一直坚信，尽管劳特的生活方式和生活作风并不是自己想要的，但劳特是一个诚实而且工作高效的警察。只不过，从前段时间开始，他与卡洛琳的关系确实让他感到不舒服，因为他感觉劳特似乎对他过于理想化了，试图在情感和职业上取代他。在某种程度上，莫尔万的这种思虑并不是因为他觉得遭受了背叛或威胁，而是因为他在劳特身上看到了一些让他变得与众不同和脆弱的小事。劳特似乎有些依赖他；外人很容易就能看出两人性情不同，但劳特还是不自觉地试图用尽一切手段，想要在性格上变得和莫尔万一样。也许，卡洛琳早就察觉到这一点了：她总是帮着劳特，不是因为她觉得他是无辜的，而是因为她知道，劳特不能完全控制自己的行为。我不知道诸位是否明白我说的话。

"我想……"托马蒂斯说。

"嘘！"皮琼夸张地发出嘘声，做出一个命令的手势，举起手把掌心对着托马蒂斯，像是一个交警，想要截停全速通过路口的卡车，"你会有说话的机会的。但现在请保持安静，我才是讲故事的人。"

在他们说话的时候，服务生端着三杯啤酒走了过来——皮琼在说话时就看见他过来了——一言不发地把啤酒分别放在每位客人跟前，又收走了三个空杯子，沿着红色碎砖小路走向吧台，鞋底踩在地上发出摩擦的声音。

"你彻底惹恼他了。"索尔迪说。

"可能吧，"托马蒂斯说道，"但多亏了我，这几杯啤酒终于没那么多泡沫了，而且还冰得很。"

"你别再跟我们说你那严格的原则了。"皮琼说。

"说实话，"托马蒂斯说，"我想，在这个世界就是会哭的孩子有奶吃，而我正在努力地改善这一点。"

"在我看来，你的出现让这个情况更糟糕了。"皮琼说。

他们又开始作秀了，索尔迪想；毕竟，没人知道为什么，在抛却了故事真实性的问题之后，他开始对皮琼正在讲的故事感兴趣了；而托马蒂斯总是不时地打断，固执地想要别人知道自己的想法，这让他有些恼火。但必须承认，从他脸上的表情来看，托马蒂斯似乎也饶有兴趣地听着皮琼的故事，有时候甚至专心到在好几秒的时间里微微张着嘴，完全忘记了咀嚼口里的食物。而当皮琼看到这幅情景，他的唇边就会露出一个满意的微笑。

"你会有机会发表意见的。"皮琼神秘地说道。

一只蛾子从高处掉到他的肩上，滑过黄色衬衫，挥动着那似乎数不清的透明小翅膀，消失在他的口袋里。皮琼用左手的拇指和食指扯开口袋，看着里面，脸上露出了笑容。之后，他把右手的两根手指放进去，找了一会儿，取出了那只还在兴奋地快速拍打着翅膀的昆虫。他把它放在手心，看了一会儿，然后就让它落到地上。他的指尖还留了一层黏稠的、隐约闪着光的粉末。

"对莫尔万来说，这个复杂的情况是个问题。"他终于开口了。这使他对自己的推理产生了怀疑——在这个不明朗的情况下，他的理智确实有可能被蒙蔽——而且，肯定有同事知道事情的来龙去脉，他的指控也会因为怀疑的偏颇和证据的缺乏而变得无效。莫尔万明白，如果他的假设是正确的，那在证明这个假设之前，他不能相信任何人。他只能单独行动。他盯着桌上那封修复好的信件，以一种奇怪的平静来思考他正在分析的残暴证据：多年来，他们两人惺惺相惜，互相尊重和信任，而他最好的朋友却是一头野兽，是一个毫无人性的毁灭的黑影，是他追寻了九个月的影子；这突如其来的真相并没有让他内心泛起一丝波澜，只有一种压抑的、略带轻蔑的自豪感，就像是解决了一个许多人都没能解开的逻辑难题。问题的解决立马让他摆脱了这个男人——或别的什么东西——在最近给他留下的让人不安的紧迫感，甚至是熟悉感。他的内心大概有一种无法解释的无声怜悯，除此以外，内心情感的缺失也让他觉得，这些罪行的凶手可能不是劳特，而是寄生在劳特体内的一股被忽视的未知力量，它潜藏在他起源的最深处的皱褶里，像是一个嗜血的古老偶像，而发现它能给劳特带来平静和解脱。突然，响起了刺耳的电话铃声，也许是因为声波或电话机的内部震动传到了桌面，也许是因为莫尔万的惊愕，桌上的信件碎纸也微微震动。值班的警员说，一位叫穆顿夫人的女士正在找劳特警官，但那天早上，劳特警官不在办公室，所以那位女士让他帮忙接通莫尔万的电话。莫尔万有点惊讶，他等了几秒钟，电话那头传来一个老太太的坚定的声音，她的语气让人立刻就能想象出声音主人的样子：莫尔万眼前浮现出一个仍然精心打扮的老太太的模样，她独自住在舒适的公寓里，收着不菲的退休金和租金，正如人们所说的，有着充分的财务自由，无须依靠别人，也无须依靠警察；但她年纪太大了，那假装平常的语气仍然无法掩饰话中的焦虑；莫尔万还想，她寻求警察的保护，可能是为了掩盖什么事情。从那喋喋不休的话语中，莫尔万明白了以下几点：她曾来过特别行动办公室，想要了解街区里那些让老年人震惊的可怕罪行，因此才认识了劳特警官。劳特很亲切地接待了她，还承诺会在晚上下班后去拜访她，检查她住的那栋楼和公寓是否采取了警方建议的安全措施。前一天，她在从超市回家的时候遇到了他，劳特警官答应在第二天——也就是今天，穆顿夫人不断重复这句话，语气越来越强硬——晚上八点左右去看她。她打电话来是为了提醒劳特。劳特跟她说过，他的走访都是例行公事而已，只是找个借口去吃点小吃，联络一下警民情感，但她刚在收音机里听到了雷格诺街的案件，那地方离她家很近；说实话，这让她非常不安。因为劳特警官也把莫尔万的名字告诉了她，以防在自己不在的时候出现紧急情况，所以她才敢打搅莫尔万。莫尔万努力安抚她，记下了她的地址和电话，保证把信息转达给劳特。然后他就挂了电话。

一股意料之外的怒火让他一时迷失了方向，似乎和这二十八宗罪案那令人发指的场面和后果相比，劳特为了编织这张致命的蛛网所运用的耐心和玩世不恭的算计是更加严重的罪行。在他看来，通过一种模仿性的投射，他可以看到劳特的聪明才智所迈出的每一步，都像是坚硬、冰冷、锋利的钢刀，把他准备的陷阱一块一块地组装起来。他可以理解甚至接受那些犯罪行为的暴力，但准备过程当中的污秽和阴暗却让他无法冷静。他不耐烦地起身，笨拙地移开椅子，走到窗前。那头纯白无比、头顶半月形牛角的公牛在泰乐还是西顿的海滩上掳走了惊恐万分的仙女，在克里特岛的一棵梧桐树下玷污了她，许下了梧桐树永远不会掉叶子的承诺。但与神灵的诺言相反，白雪覆盖了窗前那光秃秃的梧桐枝丫，上面挂满了冰晶，把十二月早晨的阴暗空气割成了不规则的碎片。莫尔万在窗前一动不动，站了好长的一段时间，盯着对面人行道上的两条原封不动的洁白雪带之间，盯着那被早上行人弄脏的雪痕。这种灰蒙蒙的阴霾就是冬日里光线最好的景象了，几个小时之后，在用过午饭之后，黑暗又会重新笼罩他，笼罩这个叫巴黎的地方——它毫无理由地附着在地壳上的那个地方，就像一只粗糙的甲壳软体动物附着在一个模糊的圆形岩石上的粗糙、坚硬的皱褶里一样。在那么几秒钟的时间里，他闪过一个奇怪的念头，尽管这个念头转瞬即逝，但还是给他留下了一丝惊讶和不安；在编织出世界纹理的各种巧合之中，只有那个男人——或别的什么东西——几乎每晚都会重复那个不变的仪式，根据他自己制定的规则，得以反抗或创造——即便是只为他自己——一个可理解的、有组织的系统。有什么东西在莫尔万内心深处沸腾，与玻璃窗之外那冰冷的黑暗街道形成对比。无论是看上去还是摸上去，窗户的玻璃都像是冰晶。他着急地——这让他自己有点惊讶——拨通了负责总机的警员的电话，告诉他不用去找劳特了，刚刚的电话并不是什么急事，他见着劳特的时候亲自跟他说就好了；他一边挂了电话，一边想着，不管怎么样，他和其他人都只会在第二天早上才会见到劳特警长，在明天之前找到他的唯一可能就是在晚上八点去穆顿夫人的公寓。

尽管天气寒冷，但平安夜还是迫使人们走到街上。一点左右，莫尔万慢悠悠地走向餐厅——他一般会去莱昂-佛洛特街上的一家酒吧或帕芒提耶大道上的一家中国餐馆吃午饭。他看到，广场上的汉堡王已经挤满了人。全家人带着小孩和包裹，或在柜台前排队，或围坐在一张钉在地上的长桌边上，吃着托盘中一样的套餐，喝着纸杯里的饮品，在再生产和消费的疲累竞赛中偷得片刻歇息。那四五个互为补充的权威机构——银行、学校、宗教、司法和电视——像是被完美主义者所创造出来的机器，严格预见了人们最微小的行动和最隐秘的思想；他们坚信，自己正在表达那值得骄傲的个人主义，但他们其实和街上遇到的每一个陌生人一样，在这一周欠下了未来一年的债款，只是为了在一样的百货公司或者连锁品牌店里买一样的礼物，把它们放在同样用彩灯、人造雪和彩纸装饰得别无二致的圣诞树下，坐在相似的桌旁吃着西方世界同一时刻家家户户都吃着的所谓的特殊食物，在半夜起来的时候，以为自己已经与塑造他们的昏暗世界和解，在体验过同样的情感和储存了同样的记忆后，带着自以为不可转移和独一无二的对外界的同样经验迈向那对所有人来说都无异的死亡。

时值节日，帕芒提耶大道上中国餐厅的老板在结账时请他喝了一杯白酒：在陶瓷小杯的底部，一个赤裸的东方女性以挑逗的姿势朝他微笑。莫尔万拿起酒杯，仔细打量着那个姑娘，杯中的酒就像放大镜，他感觉，两人的目光似乎相遇了；但在他一口气喝完那杯白酒、重新看向杯中时，那个无助又色情的小人儿已经消失了。他走出餐厅，漫无目的地散步，走了好久才回到办公室。街上人来人往，拿着大包小包，在各种商铺、银行、酒吧、理发店里进进出出；在大道和林荫道上，甚至是旁边的小路上，不息的车流以行人的速度前进，在十字路口旋转，引擎不耐烦地打着呼噜，在没法前进时还会响起喇叭。在超市里，满载商品的手推车困在彩色货架之间的开放走道，在收银柜台附近互相碰撞。在小商店里，人们或在试穿衣服，或认真研究要买的商品，或心满意足地拿着包裹走出商店，包裹都用色彩鲜艳的礼品纸包好，用绸缎带子装饰，带子绑成了螺旋状，如多彩的羽冠一般。和前一天一样，天空比空气更加清澈，也没早上那么冷了；也许因为食物、烈酒或是所走的路，莫尔万认为会再下雪。四点多一点，他走进特别行动办公室，但天已经开始黑了。

一整天都没有劳特的消息，莫尔万对此毫不惊讶；值班的警员也没有大惊小怪，他已经习惯了自己上司那频繁的突然缺席了。两三名记者正在被用作新闻办公室的厨房里等着他，厨房里有一个电话、三四把椅子、一台电动咖啡机和一筒一次性杯子,还有一个装满了用过的杯子的垃圾篓,里面的杯子都带着浅棕色的咖啡渍,被泡得变了形。莫尔万和那几个记者喝了杯咖啡,努力用模糊且笼统的承诺安抚他们,之后回到自己的办公室,关上门。在他离开的时间,他接到了一连串的电话,是从部委、警察局、实验室、两个电视台和警员工会打来的。他回拨了两三个电话,之后看了看腕表,确认时间为下午六点。他给穆顿夫人打了个电话,说因为劳特警官全天都不在,所以他会于七点半亲自登门拜访。莫尔万觉得女人的声音中似乎有一丝失望,说自己放心了,很高兴能够接待他;在挂了电话之后,莫尔万又思考了一下自从他当警察以来一直感兴趣的一个现象:受害者那准确的本能常常能诱使受害者轻易地承担自己的角色。七点半,他已经在距离特别行动办公室三百米左右的圣莫尔街上按响穆顿夫人那舒适公寓的门铃了。在等待开门的时候,莫尔万把肩膀上的雪抖落到门口的迎宾地垫上;在他出来的时候,又开始下雪了。虽然他知道有可怕的事情即将发生,但他和往常一样,没有任何情绪。他很警觉,平静,头脑清晰,感觉到身体——用他自己的话来说——和精神上的完美和谐。

在穆顿夫人把门打开的时候,莫尔万想,她可能是在开门前最后再看了一眼镜子里的自己,所以才耽搁了一些时间。尽管莫尔万不是她想等的人,但在看见警官时,她的脸上还是流露出了惊喜。她肯定已经超过七十岁了,她的打扮和举止确实有一些帮助,但还是无法掩盖她的年龄。莫尔万想,她在年轻时候一定很美,但让她失色的反而不是岁月,而是她为保持美貌所做的过多的努力。与现在相比——衣着光鲜,满身珠宝,把头发染红,还有脸上的腮红和口红——如果她满头白发,不施粉黛,穿着拖鞋在壁炉边看书,那她看上去一定会更美。通过她开门时眨眼的方式,莫尔万明白,她常戴眼镜,但她特意摘下了眼镜,好给客人留下一个更好的印象。莫尔万也顺应了这种气氛,在真正进入公寓之前,他花了一些时间来检查门锁;那是一个普通的门锁,但为了安抚女主人,他撒谎说这个门锁很安全,内心却想着,不管是一个、两个还是一千个门锁,都无法阻挡蜷缩在这个男人——或别的什么东西——身上那毁灭性的影子所卷起的飓风。客厅里有一个壁炉,里头燃烧着旺盛的火焰,在一张小茶几边上,有三张舒适的皮质扶手椅,桌上摆着两个崭新的香槟杯,还有一个装满了下酒菜的小碟子。为了让他相信她的话,穆顿夫人说,她前一天在超市遇到了劳特警官,他买了一瓶酒,还把酒给了她,让她放冰箱,好在他去检查门锁、两人见面的时候庆祝一下,同时也向即将过去的一年告别。

莫尔万一定认为——也许是讽刺甚至是恶毒地想——对穆顿夫人来说,那瓶酒确实是注定用来告别的,但不仅是与过去的一年告别,还是与时间、与那无情却也并非残酷的、消耗了所有人事的、没有实体、没有形状也没有方向的流动告别。莫尔万把手里的帽子递给她,然后又费力地脱下大衣,递给穆顿夫人。穆顿夫人把东西放在没人坐的扶手椅,请他在剩下的空椅子上坐下。她坐在他对面,也就是小茶几的另一边。刚坐下,她就询问雷格诺街的案件,她从广播和电视中得知了一些细节;在莫尔万看来,在说这些话的时候,她对受害人的过度兴趣似乎并非带着同情,而是有一种无法解释的兴奋。他认真地思考,发现眼前的这个老妇人似乎还不甘心变老,而那一系列的犯罪可能只是她的一个借口,好在她那已经罕有身强力壮的男人来访的公寓里与一位比她年轻三十岁的警官一起清空一瓶香槟而已。他一边听着她说话,一边想,劳特有可能会来;他看了看腕表,看看是否已经八点了;她把他的这个动作解释为不耐烦,于是她嘀咕着说了些客套话,起身去莫尔万身后的厨房,想要拿香槟和找些下酒菜。

一时间,客厅里一片寂静,只有壁炉里那不熄的火焰发出断断续续的噼里啪啦的声音打破客厅的死寂;盯着火焰的莫尔万从这声音中回过神来,用专注而平静的目光环视房间。在他看到皮质扶手椅上的帽子和大衣时，一个意外的细节引起了他的注意：穆顿夫人把大衣朝外叠好了，于是大衣的丝质内衬和左边的口袋露了出来；莫尔万不抽烟，从来没有用过这个小口袋，毫不夸张地说，他甚至不知道衣服上有这么个口袋。袋口冒出了一个透明容器的边缘，它非常薄，薄得几乎看不到，但口袋里的微微隆起让人猜测，它比装着的东西更加薄。那是一个用机器封口的塑料密封袋，边缘都被压实，好让袋子有最大的容量。莫尔万不记得自己曾在这个口袋里放过东西，刚刚也说了，他完全不知道这个口袋的存在；他一边起身，一边弯腰从大衣口袋里取出这个塑料袋子；他已经猜到里面装的是什么了，是一双被压扁的折叠的乳胶手套，就是那种熟食店工人在处理肉片、切肉和把肉给顾客时出于卫生而使用的手套。他怀着好奇和疑惑检查了这些东西，立刻明白，那个男人——或别的什么东西——是像屠宰者一样准确自然地使用这些东西，好高效地开展工作，同时不留下任何指纹。戴着这些手套，他可以更好地用刀，还可以把刀子放在一边，直接用手指开膛破肚，把尸体撕碎，把里面的东西扯出来。那双白色乳胶手套和受害人有一些相同之处，因为它们都被那个男人——或别的什么东西——用在他那个卑鄙的仪式中，变得几乎无法辨认，最后被丢弃。莫尔万从来没见过这双手套,他推测,应该是有人把东西放进了他的口袋,正在设计一个粉碎他所有希望的陷阱。他突然有了一个让人难以置信的想法:在接过他的外套时,穆顿夫人隐秘地迅速把这双手套放进上衣口袋;想到她这么做的目的,莫尔万内心涌起一股厌恶和愤怒。但几乎在一瞬间,他的头脑又恢复了清醒和警觉。听见身后厨房开门的声音,他把大衣丢在沙发上,迅速把那双手套放回大衣口袋。

穆顿夫人拿着香槟和一个小碟子过来了,碟子上放着精心摆好的用烟熏三文鱼做成的三角形开胃菜。莫尔万悄悄地打量着她,却没有得出任何结论。他的目光扫过那张既普通又难以捉摸的脸庞,而在他耳中,老妇人说的那些平常话语都有另外一重含意,但不管他如何专心,都无法揭开背后的意思。他问自己,当那个男人——或别的什么东西——和受害者这么面对面的时候,两人之间是不是也有这种双重误解呢?正如他无法阐释妇人普通话语背后的意思,他想,她在评判眼前男人的时候也在犯错;因此,除了那两人的血肉之躯以及双方为对方量身而做的无意义的语言以外,房间里似乎还有些别的什么。说实话,早在屠刀落下的时候,也许是在世界之初,湮灭就已经开始了。莫尔万看着这个女人,试图想象着她的传记:现在,她弯腰在茶几上为装着三文鱼小吃的碟子腾位置，而他呢，从她进了厨房之后就一直坐在那里，看见的是一个暴露无遗的脆弱头部，窄窄的肩膀，蜷缩的手拿着碟子，皮肤发皱，布满了褐色的血管，细细的手指上戴满了戒指，握住酒瓶的瓶颈。她的头发泛红，已经有些稀疏，被一条白色的头皮分成了对称的两块。穆顿夫人把碟子放在茶几上，直起身子想要喘口气——这也暴露了她的年龄——然后把酒瓶递给莫尔万，让他打开。房间里弥漫着一种不适感。两人体内那生产幻梦的机器突然不知怎的停止了运作，一切——并不是那些用来把自身欲望修饰成天真外表的不理性的借口，而是两人所栖息的那粗糙的当下，那个他们像石纹或木结一般成为它一部分的当下——都似乎变得不真实了。她突然变得疲惫不堪，变成了她一直不愿成为的老太太，眼神中突然充满了那些她一直想要忽略的让人晕眩的静止岁月。莫尔万察觉到变化，想着也许对她来说时间已经不早了。他假装什么都没注意到，打开了酒瓶。

斟满酒杯后，他们起身碰杯，啜了一口酒，又重新坐到真皮扶手椅上。也许是由于第一口香槟的缘故，两人的谈话变得活跃，不知不觉间就喝了大半瓶酒。她从厨房拿出香槟酒时两人之间弥漫的拘束和不适逐渐消散，他们之间逐渐有了信任甚至是信赖。莫尔万明白，这位老夫人是真的很关心发生在街区里的凶杀案。他对自己说，每个人都要用自己的方法在这座灰色的城市里挣扎着活下去，而对她来说，这肯定是很不容易的；城市迫使居民陷入孤立的状态，这似乎已经成为一种规范，而社会这个广泛使用的概念也已失去了本身的含义。他还感觉到，穆顿夫人已经放下了那个年纪的女人常有的奇怪的引诱姿态，她已经接受了那些压在她身上的岁月，认可这次拜访只是出于公事。为了向她证明他将亲自照顾她的安全，莫尔万把手伸进上衣的口袋，打开钱包，取出一张名片，名片上不仅有特别行动办公室的电话号码，还有他家的号码。但在他抬头准备把卡片递给她时，他注意到穆顿夫人一动不动，若有所思，眼睛半闭着，后脑勺靠在皮质扶手椅的椅背上。在几秒的时间里，莫尔万也一动不动，半伸着手臂，拇指和食指攥着那张白色长方形卡片，感觉柴火的噼啪声和夫人规律的呼吸声似乎从远处传来；之后，他像个醉汉般，以取出卡片时的那样缓慢和小心把卡片放回钱包的夹层。在他收好钱包、准备把它放进口袋时，钞票上的一个细节引起了他的注意：在真正的纸币的顶部一角，出现了他在梦中看到的钞票上出现的让人厌恶的椭圆形花环。他觉得这是不可能的，这是与所有的逻辑和希望完全相悖的；为了抓住最后一丝的理智，他鼓起所有力量和勇气，取出钱包里的钞票,在手中摊开,看到上面清晰地印着斯库拉、卡律布狄斯、戈耳工和奇美拉;它们看上去既凶狠又遥远,似乎不屑于接受信徒们献上的粗俗祭品——用来装饰它们的充满稚气的灰色花环。他先是觉得迷惑,后来才感到恐惧,在一系列的阴暗预感得到证实、他的厄运完全呈现之前,他发现自己在那不知是黄昏还是黎明的昏暗光线中徘徊,地面是积雪反射的光线,因为他梦境里那破坏性的炼金术,城市也有了轻微的改变。必须要爬着才能进去的扁平神庙揭开了神灵的本质,那些不知是没有决定形象还是被天气侵蚀的公共雕像形状模糊,像是骑马像,半人半马,巨大的章鱼或是狮身人面像,又像是天使、秃鹫、英雄或是猛犸象。居民们长着一张张灰色的长脸,彼此之间略有不同,却让人无法找到一张能引起别人同情、怜悯、友爱或是憎恨的脸,没有一张脸能吸引别人的注意。时间、日子和岁月就在那苦涩的阴霾中流逝,所有一切都变得相似,单调,顺从,最重要的是,变得无用。自从开始做这个梦以来,这是莫尔万第一次明白,这座城市就在自己的深处,在它出现在这个世界的空气中的第一刻起,他就从来没能走到围墙之外。

莫尔万又难过又疑惑地在城市里游荡,感到越来越透不过气来,直至满头大汗地醒来,才恢复了平静——虽然他的梦境里有一些让人感到压抑的阴暗细节，却算不得是一个噩梦。刚清醒过来的他首先是觉得陌生，而不是不安。之后的一整天，他都会沉浸在逐渐消散的梦境情绪里。那天晚上，他同样能感受到那令人窒息的炎热，一阵敲击声让他回到现实。他睁开双眼，明亮的浴室里飘浮着白色的蒸汽。一股热水从浴缸的水龙头涌出，莫尔万跪在地上，看着水从水龙头流出，消失在下水道。他先跪着靠在浴缸边上支起身子，然后站起身。他全身赤裸，浑身是血。水蒸气给镜面蒙上了一层薄雾，莫尔万犹豫了一下，一边努力保持平衡，一边看到自己内心有一个又荒谬又可怕的想法在萌芽，在坚定地不断长大。尽管强烈的痛苦裹挟了他，但他还是要把这个想法付诸实践：他觉得，只要他把镜子上的水汽擦干净，就能看见他九个月以来一直苦苦追寻的那个男人——或别的什么东西。他缓缓地关上水龙头，动作有些笨拙，用手掌把镜子擦干，镜子里映出他的脸庞，但他不觉得那是自己。他知道，那就是他，莫尔万，也知道自己正在看着镜里的男人，但那是一个陌生人的样子，他之前从未见过他。在内在和外在之间，那些日复一日精心打造的桥梁，连接着摇摆不定的青紫色黎明与黑夜中心的桥梁，全都倒塌了。屋子另一头传来一些匆忙而熟悉的声音，让他从震惊中回过神来；他毅然转过身，想面对它们，在看见镜中的自己走向门口的时候，那个看着他行动的裸体男人却再次让他感到很熟悉，自我与无法触及的形象最终再次融为一体。

接下来的内容出现在所有报纸上，在所有电台播出过，在电视上也有相关评论，被匆忙改编成两三本畅销小说，也被收录到刑警大队那卷帙浩繁的档案中。劳特、孔贝斯和居恩，连同身后几个武装警员，一起进到穆顿夫人的公寓；同一时刻，莫尔万正全身赤裸地走出浴室，浑身是血地走进客厅。他的赤脚绊到了一个物体，那东西被踢了一下，滚过地毯，停在警察那被雪沾湿的鞋边——那是穆顿夫人的头。她的尸体浑身赤裸，已经被肢解了，摊在莫尔万最后一次见她时她坐的皮革扶手椅上，一动不动，沉思不语。正如他们所说，房间里是一片血腥的狼藉。香槟瓶子也滚落在地面，下酒菜被踩得粉碎，散落在地上，像是有人故意胡乱把它们扔在房间里似的。在茶几上，就在穆顿夫人那原封不动的酒杯旁，放着血淋淋的白色乳胶手套和一把巨大的厨刀，酒杯还是满的，仍有半杯温热的香槟。壁炉里只剩下一小堆白色的余烬。莫尔万明白，对所有人来说，狩猎已经到了尾声，因为作为优秀的警察，他明白，他不可能向外界的那张铁网证明，他们或许搞错了猎物。即便是对他自己来说，他的无辜也是如此遥远，无法言传，就像是回忆或者梦境一般。生命中的各种片段涌向了他，对他来说，自我的隐秘真相甚至比星体的黑色背面更难捉摸，更加黑暗。这种对不可能之事的强烈的确定性让他最后一丝希望也烟消云散。两三个警察想要扑向他，但劳特做了一个命令的手势，让他们停下。房间里的所有人都一动不动，就像是玩偶一般；没有了创造他们、让他们行动的工匠，他们保持着僵硬的静止姿势，像是涂色纸板的空洞幻影；一群穿着冬装的警察身上还沾着雪，他们站在劳特警长真人大小的复制品后面，劳特把一只手臂伸向他们，还有那个浑身是血的赤裸男人——或别的什么东西——在背景处，人们可以瞥见，在皮革扶手椅上有一个被撕成碎片的人偶，它没了头部，身上被开了好几道大口子，可以看见红色、发绿和泛蓝的假的塑料器官。这些人偶比他们内里那黑暗的冰冷物质更加外化，更加随机，更加了无生气，他们意外地出现，最终也会被重新吸收。最先做出动作的是莫尔万：他抬起头，寻找着劳特那胜利的目光，但他既失望又迷惑，因为在劳特的双眼里，他看到的只有怜悯。

在二十四小时内，由省长主持的危机小组——实际上是劳特带领，由一群法官、法医、警察、精神病学家组成——解开了谜题，准备了第一份新闻稿。在之后的几个星期，每一个细节都被揭开了：早在几个月前，警队高层都看过一份关于莫尔万的秘密报告。当然，没有人想过他就是连环凶杀案的凶手，但他的精神状态确实引起了人们的怀疑。在离婚后，尤其是他父亲自杀后，他的孤僻和顽固似乎变得更加严重；显然，在最近几个月，他的抑郁倾向更加严重了。另外，最让人担心的是，在他夜间游荡时，多名警察从他身边经过，察觉到了他那心不在焉的状态，就像是在梦游一般，连经过身边都认不出他们。有两三个清晨，他进办公室时甚至没有看别人一眼，就像是正在睡觉一样，然后就把自己关到办公室，直到第二天早上。实际上，部委的那封信是在隐晦地影射莫尔万。劳特在上司面前袒护他，也察觉到上头的动作，于是故意在同事面前大张旗鼓地把信给撕了，好公开却又不明确地表达自己对朋友的忠诚。另外，劳特也相信，莫尔万——他对自己的洞察力如此有自信——已经怀疑有人要对付自己了。

在穆顿夫人被杀的那晚，劳特忘记了自己与她的约定，十点半才回到特别行动办公室，从当班的警员口中得知老太太曾经打过电话来。他决定打电话去道歉，但穆顿夫人没有接电话。他有点担心，就叫上同僚一起去圣莫尔街。在发现没有人来给他们开门的时候，他们强行打开了大门。于是，他们就撞上了刚从浴室出来的全身赤裸、浑身是血的莫尔万，还有穆顿夫人那残缺不全的尸体。房子里到处都有莫尔万的指纹，甚至连穆顿夫人的酒杯上也有。他们发现，为了方便实施犯罪，他在香槟里放了一颗安眠药。他们在穆顿夫人的酒杯里发现安眠药，而在洒出的剩余的香槟里却没有找到药物的痕迹。刀是从厨房拿的。和别的案件不同，受害者身上既没有被强奸的迹象，也没有射精的痕迹。另外，这也是凶手第一次对受害者使用安眠药。因此，在调查开始的最初几个小时内，劳特认为，莫尔万也许是在精神错乱的情况下犯下这一宗单独的罪行。他让孔贝斯和居恩对莫尔万的公寓进行搜查，却搜出了一捆二十八串的钥匙——全都与之前受害者的公寓大门门锁对应上了——还有一包乳胶手套，一百双的包装里刚好缺了二十九双手套。对警察和司法部门来说，这个案件就结案了。劳特请求不再承担面对公众的工作，但他的请求遭到了拒绝。于是，在整整一周里，他出现在电视和广播的新闻节目中，向公众解释着案件的细节。工作一结束，他就把自己关在了卡洛琳的公寓里。

不太光彩的是，现在，莫尔万比他做警察时更出名了。他的模糊的照片登上了报纸的各个头条和专栏。一个记者想出一个主意，把他唤作"巴士底狱怪物"。几乎所有人都立即采用了这个绰号，用大篇的报道来讲述莫尔万的故事，但实际上他们几乎对他一无所知，而把他变成了这个国家甚至整个欧洲和全世界最有名的人，这种情况至少持续了一个月。小报报道指责他的杀人行为，甚至凭空地把几桩悬案也归到他头上。没有人上街示威，要求对他严刑拷打，因为这不是那里的风气。但是，在四堵墙壁内，在他们用信用卡购买的卧室套装和从巴利亚利群岛、土耳其或蓝色海岸带回的纪念品所堆砌的孤独里，每个电视观众，每个杂志——关于政客、足球明星、高级妓女和英国王室私生活的杂志——读者，在那如鬼火般粗糙而短暂的情感中，他们已经埋头在报刊夹边读得津津有味，让印刷的机器工作个不停了。但是，印刷品最让人无法容忍的缺点就是它的不稳定性——那是由于自主愿望的缺失而造成的——也保证了它们的读者肯定会迅速地遗忘一切。莫尔万对这个精彩的绰号并不在意，因为从他全身赤裸、浑身是血地走出浴室开始，他就陷入了沉思当中。在劳特警长走近他、温柔地催促他穿好衣服、陪他去特别行动办公室的时候，莫尔万摇了好几次脑袋，发出了讽刺的笑声。劳特知道，在他面对一个奇怪却无可争辩的推理或者事实时，如果他感到证据充分，他就会发出这样的笑声。当时，劳特和其他警察惊讶地看着他，但他们却不知道，在莫尔万开始穿衣服的时候，他内心思考着一个不可避免的事实：他坚信，他没有办法向外界证明自己的清白，但更困难的是，向自己证明自己的清白；尽管他脑中没有任何关于这些行为的残留记忆，但他也无法肯定自己没有做过这些事；反过来，就像很多人一样，有很多看上去真实的记忆，但在事件的海洋中，没有人可以确定事情是否真的发生过，更不用说他们自己了。现在，所有一切都似乎表明他就是犯下这些残忍的连环凶杀案的凶手，那个破坏性的阴影所带来的紧迫的不安感也随之消失；所有希望都被毁了，但这没有压垮他，反而仁慈地让他得到了解脱。他穿好衣服，在劳特和两名警员的陪同下——其余的留在公寓记录现场的事实和证据——顺从地被带到特别行动办公室。他的眼睛一直盯着半夜的雪花在汽车挡风玻璃上绽开。

从那一刻起，在之后的几个星期里，他都沉默不语。他完全明白，自己陷入了一个物质的蛛网，语言已经没有任何用处了。面对无休止的审问，他有时会用头部的动作来回答，有时会露出一种过度的、缓慢的表情，譬如把眼睛和嘴巴张得大大的，但这些动作和表情都与问题没有任何联系；有时候，对于同一个问题，他先是点头，最后摇头，甚至在点头的同时摇头。由于这一系列动作，他的头部划出了一个近乎圆形的轨迹。他不时还会发出讽刺和若有所思的笑声，这并不能让审问取得进展，反而让审讯陷入了泥潭。这笑声似乎透露出一种秘密和满意的信念，就像在他和世界之间竖起了一堵光滑的钢墙。因此，几天之后，迫于劳特警长的坚持，筋疲力尽的警察和法官被迫把他丢给了精神病医生。

由于职业惯性，警察们或许过于相信模拟，而精神病医生则过于相信疯癫。和其他没有名字的东西一样，第三种解释是不被他们所接受的。因此，他们很快就确定了，所谓的"巴士底狱怪物"是一个精神分裂症患者。尽管莫尔万顺从地接受了所有书面测试，尽管有卡洛琳甚至是劳特的帮助，但他们却无法让他吐出一个字。精神病学家能够重建他的病史，并解释他的行为的原因。卡洛琳详细讲述了他们一同生活多年的经历。据她所说，莫尔万是一个慷慨的、有爱心的人，但也是一个沉默寡言的、与人疏远的人。在最近几年，他也有过这种梦游的情况，而在离婚之前，这种病症出现得更加频繁了。但因为这总是在他睡觉时发生，所以她以为那只是普通的梦游而已。只有一次，她看见他起床穿衣，然后就梦游着出了门。她听说，梦游者如果被吓醒会很危险，所以她跟着他在街上走了大半个小时。那时候，莫尔万的走路姿势比平常要更僵硬一些，但表现得跟正常人一样。之后，他回到床上。他用钥匙打开家门，脱下衣服，钻到被窝里。据她所说，第二天，他什么都不记得了，只跟她讲了一个奇怪的梦，说他在一个陌生又熟悉的城市里散步。那些精神病学家告诉她，在某些精神分裂症的患者身上，人格会完全分裂，主体不会知道自己在分裂时期的行为，他的意识完全被一种妄想的梦境占据，隐藏了经验性的现象。根据那些精神病学家的说法，很有可能的是，内疚感让他有很大压力，于是，从他有了杀戮的冲动的那一刻起，这种梦境就占据了他的意识；这与缺乏意识的梦游者的情况是很相似的，在睡觉的时候，病人同时也在行动，而且不会在经验领域犯错；所以，不管是在之前、之后，还是在行动过程中，莫尔万都没有意识到自己犯下的罪行。由于他的家族史，医生们相对能比较容易地就找到这些犯罪行为的解释。在出生后，莫尔万就被母亲抛弃，所以他是一个相当悲伤的孩子。不管他的父亲有多伟大，他给予的情感支持还是不足以弥补莫尔万，所以他的人格变得有些许分离，但责任心很强，那也许是因为对母亲失踪的愧疚感；根据莫尔万在童年时经常听到的父亲所说的版本，他的母亲是在分娩时死去的，也就是说，他的出生就是母亲死亡的原因。莫尔万肯定是本能地不相信父亲所说的版本，而他对解答犯罪谜题的倾向可能来自于一种无意识的确信，确信自己的童年中有一些神秘的谜题。那些精神病学家相信卡洛琳所说的——在性生活方面,莫尔万相当贫乏和传统——认为这是他分离型人格的证据之一。随着时间的推移,调查罪案成为他唯一的兴趣;他意识到自己的缺点,才决定分开,让卡洛琳重获自由。

根据那些精神病学家的说法,两人的离婚引发了这场灾难。在得知这件事后,莫尔万的父亲想,应该是他保守了四十多年的秘密毁掉了儿子的生活;不仅是在最近几年,从很久以前开始,他一直觉得自己是个负担,认为自己没有办法留住他的妻子。他还觉得内疚,因为历史正在重演,所以才决定在自杀之前把真相告诉莫尔万。从养老院回来后,莫尔万把这个故事告诉了卡洛琳,他还说,四十年过去了,对他来说,母亲的态度根本无所谓了。根据那些精神病学家的说法,这种表面上的冷漠是一种对抗攻击本能的方式,而这种本能一直潜藏在他身上,他的性生活和离婚就是证据。而现在,这种本能开始被重新激活。父亲的自杀引发了他对所有女性的憎恨。

根据那些精神病学家的说辞——只要他们证明自己有能力运用那些所谓科学的职业词汇,他们就赋予自己演说的许可——那二十九个无辜的老太太就是替身受害者。在每一个人身上,莫尔万都看到了遗弃自己的母亲的影子。在报告中,那些精神病学家敏锐地指出,所有的受害人都是七十五岁左右，如果莫尔万的母亲仍在世，也应该是这个年纪。正如他们所说，那些凶杀案是一个严格的仪式，当然也是一个象征性的仪式。在向那些老太太介绍自己的时候，莫尔万真诚地相信，自己作为特别行动办公室的领导，他唯一关心的就是如何保护她们。根据那些精神病学家的说法，他和那些老太太之间有一个互相诱惑的过程。还是根据那些精神病学家的说法，尽管在大部分的时间里莫尔万和这些老太太都没有察觉，但这些关系里显然有色情的因素。莫尔万说服她们对彼此的关系保密，以免惊动凶手，让她们产生了配合警方工作的错觉。这些老太太如此轻易地掉进了陷阱，也是归咎于莫尔万的官方权威，让她们觉得受到保护。而对方是一个正值壮年的男人，这种保护性的亲密关系也唤醒了她们心中久违的感觉。在某些情况下，她们甚至在仪式开始之前自愿献身于这桩性交易当中，突然间恢复了青春活力，也因为有了莫尔万的陪伴，她们觉得受到保护。根据那些精神病学家的说法，这个看似残酷的仪式是有其逻辑的，以科学的眼光看，它比看上去更有意义：他们把报告中的一切解释为与母亲形象爱恨关系的产物。比方说，他实施那些酷刑并不是因为自己是虐待狂，而是想要验证这个他被驱逐的外在的身体是否和他自己的身体一样对痛楚敏感；而肢解、斩首、在胸腔或腹部开的大口子,以及触摸和取出尸体的内脏、眼睛、舌头、耳朵等行为,都是想要"掏出"[1]——我不知道撰写报告的人是否故意选择这个词——母体身体的所谓的神秘性。根据那些精神病学家的说法,也许就因为那所谓的神秘性,那具肉体在九个月内养育他、滋养他、温暖他和保护他,在九个月后让他这个半成品浑身是血地落地,然后永远地抛弃他,在他出生的那一刻就消失得无影无踪。同样的,根据那些精神病学家的说法,那些在受害人死前和死后的侵犯行为也是一种矛盾心理的症状,体现了他对自己母亲的性欲。在报告的脚注里——应该是一种箴言或者哲学类型的脚注——撰写人用一种非科学的口吻指出,因为这种对抛弃自己的母亲的爱,这种本能的疯狂的爱,和老太太们对刽子手的信任和情欲一样,体现了人类不单单像奥斯卡·王尔德所说的那样——报告中指名道姓地引用了王尔德——"人类不仅会毁掉自己爱的东西,还会爱上毁掉自己的东西。"如果劳特警长和特别行动办公室的其他警察没有撞破他,莫尔万还可以继续无休止地犯下更多的罪行,他的犯案频率可能会和之前一样,甚至可能更频繁一些,根据他的冲动的紧迫性,甚至能到一天几次的频率。在报告中,那些精神病学家把莫尔万的疯癫比

---

[1] 原文为"desentrañar",有"掏出"和"理解"的意思。

作一台机械装置，这台装置只能做一个动作，而且注定要不断重复，直至材料耗尽，或发生让机器无法运转的严重故障；否则，这台机器就无法逃脱这个重复做单一动作的命运。他对自己的行为没有意识，所以无法修正或放弃这一行为，更无法感到后悔。根据那些精神病学家的说法，只要他的手臂还有起落和挥刀的力量，在一个老太太面前，他绝对会毫不犹豫、毫无悔意地无休止地做下去。因此，尽管他们一致认为莫尔万没有刑事责任，他看上去很温顺，但他们还是强烈建议司法机关把他送入精神病院狂躁患者区域的单人病房。那些精神病学家似乎认为，莫尔万是那种因为不了解其内容、机制和用处而被当作是危险的对象，以防万一，最好还是把他隔离开来。

但这种隔离似乎并没有让莫尔万感到不安。几个月后，他又开始说话了。确实，他没有说什么重要的事情，但至少能在听到问题的时候用几个单音节给予一个准确的回答。如果他需要什么东西，他会直接、友善且自然地提出要求。从身体角度来看，这种监禁似乎也对他有好处：他胃口很好，尽管不愿接受访客，但还是很开心地收下卡洛琳定期给他寄来的衣服和食物。他看起来更像是无动于衷，而不是平静，他也非常注意自己的仪表和个人形象。因此，在精神病院的所有患者里，他是最能引起访客注意的病人。他的胡子总是刮得干干净净，穿着也无可挑剔，甚至好些人以为他是工作人员，还向他索取报告，而莫尔万总能以一种礼貌且迅速的方式，把正确的文件交给他们。多亏了一些同僚的努力，尽管令人难以置信，但国家还是给了他残疾抚恤金，他甚至还有银行账户。因为他几乎不用花钱，所以利息也很丰厚。在两名男护士的陪同下——他们看上去和他体格差不多——他每天都在医院的运动场上跑个几公里。在他去病房接受常规检查时，值班医生一边为他听诊或测量血压，一边笑着摇头，说，以莫尔万的身体状况来看，他可能会死得比所有他认识的人都晚。莫尔万挺直了自己那肌肉发达的赤裸身体，医生把耳朵贴在他的皮肤上，用指节敲敲这儿敲敲那儿，以为莫尔万感觉紧张，而没有察觉莫尔万脸上露出了淡淡的微笑，笑容中带着一股神秘的骄傲。

一天，他打电话给卡洛琳，让她寄一本旧的神话故事插图本给他。那是他从小就留着的，是他父亲在一次旅行回来后带到他祖母家的；他还让她把放在家里的二十七宗犯罪相关的文件副本寄给他，让她去找孔贝斯——而不是劳特——去拿最后两宗案件资料的复印件。卡洛琳亲自把包裹拿到医院，但莫尔万没有见她，只通过看守给她递了张礼貌却冷漠的纸条。在拿到那个大大的包裹后，他满意地看着它，却没有立刻打开，而是让它在桌子上放了几天。最后，在一天夜里，他耐心且熟练地解开了包裹上的三四个绳结。他没有看案件卷宗，而是一脸高兴地取出了故事书，书脊已经有了磨损，书页边缘也有些泛黄和虫蛀的痕迹了。他坐在床上，翻动着书页，没有阅读书上那些为儿童读者专门放大的字体，而是饶有兴趣地看着特洛伊城沦陷的彩色插画。奥瑞斯忒斯的归途，坦塔洛斯把自己的孩子献给神灵作为食物，尤利西斯被绑在船的桅杆上，捂住耳朵，以免听到海妖的歌声，还有斯库拉、卡律布狄斯、戈耳工和奇美拉，最重要的是那头洁白无比的公牛，顶着半月形的牛角，在克里特岛的梧桐树下玷污他从泰乐还是西顿海滩上掳来的惊恐万分的仙女。他似乎忘记了桌上的那堆警察文件。突然，他抬起头，看了一眼，想要确认它们是否还在那儿，然后又立马低头，看着那彩色的插画。不管怎样，他知道，从那个寂静的夜晚开始，命运女神终于要站在他这一边了。

托马蒂斯一直聚精会神地听着。当皮琼停下来向他投去满意且期待的目光时，他却在白铁椅子上动了一下，想要避开对方的目光，让自己的目光游移了几秒钟。之后，他的目光停了下来，全身一动不动，满是汗水的蓝色衬衫紧贴着皮肤，他靠在了椅背上。他的脸上浮现起夸张的表情，表示自己对此的怀疑和正在努力思考；在两人中间的索尔迪察觉到，当皮琼看到托马蒂斯的表情时，他的脸上悄悄地露出一丝狡黠的光芒。

"有可能。"托马蒂斯若有所思地说道，心情好像不太好，他心不在焉地把手伸向衬衫左边的口袋，取出一个深色硬皮雪茄盒。盒子表面有凹纹，有三个平行的长圆柱体，暗示了它的容量。失神的他不耐烦地打开烟盒，抽出一根中等大小的被玻璃纸包裹着的雪茄，尽管他知道他们都不会接下，但还是先后向索尔迪和皮琼递烟。还没等对方明确拒绝，他就抽出雪茄，合上烟盒，把它放到衬衫的口袋里，又靠在白铁椅子上，开始心不在焉地转动着手中的雪茄；然后，他从玻璃纸中取出雪茄，直勾勾地看着皮琼的双眼，说："有可能。"

皮琼眼中那狡黠的光芒延伸至嘴角，他那几乎半开的双唇轻轻地向上勾起。注意到这一点的托马蒂斯笑了，索尔迪也笑了，三人的笑容就像是黑夜里的三盏悄悄亮起的小灯，相距遥远，而且并非同时出现，也不是很显眼，却陆续发出光芒。

"有可能。"托马蒂斯第三次重复道，"但为什么要变得这么复杂呢？在物理学和数学里，最简单的方法永远是最好的，而且就像人们所说，最简单的也是最优雅的——

假如它们有肉眼可见的实体的话。"

意识到自己吸引了听众的注意,托马蒂斯不再说话,专心地慢悠悠地点燃雪茄;皮琼自少年时期就见过他抽烟了,知道他在点烟上总要花不少时间,但这次,他用了比平常更多的时间才把雪茄点燃。另外,托马蒂斯从烟盒里拿出的这根雪茄是古巴的,牌子是"罗密欧与朱丽叶",中等粗细,六十八美元一盒,一盒二十五根;皮琼知道得这么清楚,是因为那是他在登机前在巴黎的免税店买的。几乎就在决定旅行的那一刻,他给托马蒂斯买雪茄的场面和托马蒂斯从他手里接过烟盒的场景就成了提前出现的愉快记忆,是在确实发生的事情用致命利爪抓住这份经历,让它变得微不足道,然后把它无情地扔到遗忘中之前的强烈体验。托马蒂斯从裤兜里翻出一个木制火柴盒,充满仪式感地慢慢地把它放到桌上。为了让听众更加期待,他把雪茄举到右耳耳边,用手指按压了几次,好确定雪茄的湿度是否合适;这完全是一个多余的动作,因为皮琼听他说过很多遍,听到耳朵都起茧子了,说在机场买的雪茄保存得不好,总是太干;然后,他打开火柴盒,拿出一根火柴,把火柴的尾巴刺入雪茄的尖端,然后立刻把雪茄放进嘴里,用嘴巴吮吸着,增加雪茄的湿度。皮琼看到,尽管托马蒂斯的手指和手心皮肤更白一些,他的手背、脖子和面部几乎都是和雪茄的颜色一样。他终于停止了吮吸的动作，夸张地看着湿润的尖端，似乎决定要点燃雪茄了；他的动作很缓慢，左手还握着火柴，把雪茄放回唇间，用右手拿起了桌上的火柴盒；他的手指在空中划出了不连续的Z字形，多余的动作让人感觉有些不协调；但这个动作却成功地吸引了索尔迪和皮琼的注意，他们甚至忘记了他花这么长时间是要做些什么，而只是不耐烦地专心地看着他的动作在空气中划出一个想象的迷宫。火柴头终于找到了盒子上的棕色沙砾，一次有力的摩擦就能把它点燃了；托马蒂斯弓着手想要护着火苗，一边认真地把火焰对着雪茄的一端，一边呼气吸气，直到点燃雪茄的整个圆形表面。他把雪茄从嘴里拿出来，检查一下点燃的那一头，确认操作无误后，甚至没有弄熄火柴，就满意地把它丢到地面；被扔到桌底的时候，火柴甚至还在燃烧。他深深地吸了几口，盯着火焰看，眼睛眯成一条缝，浓浓的烟雾从他双唇笔直地升起，慢慢变得微弱，如树木的枝丫般消散在夜晚的空气中。尽管他以严肃、几乎是庄严的表情完成这些缓慢的动作，但在停下来的时候，甚至在睁大双眼、与另外两人对视之前，他就发出一阵快速的笑声，那是他用来嘲笑自己的缓慢动作的笑声，同时也表明他的动作纯粹是为了作秀。

"是另一个人，"他说着，脸上恢复了严肃，取出嘴里的雪茄，雪茄的一头指着皮琼，"他的老朋友。他只是为了取乐，因为他喜欢羞辱、强奸、折磨和杀死老太太。就是为取乐。他喜欢这种感觉，让她们相信自己是来保护她们的，而当她们发现落入陷阱之后，他能在恐怖中得到额外的快乐。不管怎么样，他常常出现在电视上，所有人都认识他，也多亏如此，他才是唯一一个有可能继续行凶的人。在她们认出他的时候，立马就相信了他的话，没有丝毫怀疑地打开了公寓的门。当然，这让他很兴奋——激起老太太们的幻想，燃起了她们心中最后一丝微弱的希望火花，然后再以一种突然且残酷的姿态把她们杀掉。这里面没有任何的精神分裂的成分：他是在完全清醒而且满足的状态下，自豪地为自己，为自己的冲动去欺骗、强奸、折磨和杀死他人。他手里有两张好牌——职业和便利。随着尸体的堆积，他还有了第三张牌——风险的诱惑。"

但是，圈子正在不断缩小。他喜欢在紧绷的钢丝上行走，但也知道下方就是深渊。主持调查的是他最亲密的朋友，因此，尽管官方没有公布任何新的消息，他都能知道莫尔万预感中那近在咫尺的距离以及他对野兽的熟悉。这头野兽知道，捉住自己的猎人肯定就是莫尔万。他衷心仰慕莫尔万，也欠了他很多；这两个原因已经足以让他在内心滋生出一丝恨意了。另外,他朋友的妻子对他也不是完全无动于衷的。如果他能准确地打好这副牌,他可能会在几个游戏中同时获胜。

早在他开始犯罪之前,他就通过这个女人得知了莫尔万的事情。在两人离婚、莫尔万的父亲自杀后,他开始公开追求她。她跟他讲了莫尔万的故事:母亲在他出生当天就抛弃了他,跟一个盖世太保的成员走了。他早就想把这些罪案归到他头上,好让他从特别行动办公室指挥官的位子上退下来,好让自己取而代之;这不仅是为了野心,更是因为,如果是自己来指挥调查的话,自己的罪行就永远不会被发现;于是,在这之前,他已经开始悄悄地通过第三方传播莫尔万精神健康问题方面的谣言。莫尔万不知道,部委的信中也隐晦地提到了这些谣言。那个人已经做好了在办公室和床上取代他的准备,只是在准备过程中,这个人才慢慢地想到,也可以在同一行动中把所有罪案都推到他头上。

尽管他在几周前就已经洗好牌,并在不久前开始了行动,但第一个让莫尔万入局的行动,就是他在办公室把部委的信撕成碎片的时候。那时,他已经计划好并且开始了最后两次犯罪。就像其他人会有多个只在必要时才动用的银行户口一样,他也储备了几个老太太人选。那天上午,他等着穆顿夫人出门购物，尾随她出门，假装在超市与她偶遇。他知道，自己第二天早上不会在办公室，便故意让她在那个时候打来电话，好提醒自己当晚的约定；还说，如果找不到自己，可以找莫尔万警官。为了确保莫尔万不会失约，他突然有了一个想法，拿起货架上的香槟付了钱；在道别之前，他说，要她把香槟放冰箱，留到第二天晚上两人见面的时候一起喝。为了实施他的计划，他需要两瓶酒，但其中一瓶是他前一天晚上买好、在家里打开、往里面放了安眠药、又重新小心翼翼地封口、再带到超市的。他付了两瓶酒的钱，把有安眠药的那一瓶给了穆顿夫人，把另外一瓶留到第二天晚上。

为了可以实施计划，莫尔万必须确定对方就是他寻找的人。因此，他把信撕成碎片，扔向空中；他知道，那是一份没有复印件的官方文件，莫尔万一定会仔细地把所有碎片都收集起来。但他预先留了一小块纸片。不久之后，在他用刀在住在雷格诺街老太太的身上开了个大口子之后，他像往常一样洗了个澡，小心地穿上衣服；在拿走第二十八把钥匙之前，他把纸片放在地毯上显眼的位置，好让所有的警察和莫尔万都不能不注意到它的存在。不管是不是莫尔万亲手打开公寓大门，那张纸片还是会落到他手里。但在这一点上他也很幸运，因为是莫尔万自己发现这张碎纸的。对其他人来说，那张小小的碎纸是中立的，毫无意义，毫无价值，也不代表任何东西；但对莫尔万来说，那是证据的根、树干和闪闪发光的枝叶。他知道，莫尔万会排除孔贝斯和居恩，会得出那个注定的结论。但对莫尔万来说，这张碎纸并不是证据，在他能无可辩驳地确定自己的猜想之前，他不会跟任何人提起这件事。这个人早已走进莫尔万的办公室，把乳胶手套放进他的大衣口袋。他想让莫尔万在某个时刻找到这双手套，因为他不仅要编造物证，还要让莫尔万因为自己的梦游症而开始怀疑自己。

他知道，穆顿夫人的电话会是另一个让莫尔万坐实猜测的因素。他也知道，莫尔万会在八点前亲自去到公寓，尽管不能证实些什么，但他以为起码能阻止罪案的发生。他计算好了，酒中安眠药的药效能持续两到三个小时。当莫尔万看到钱包里的纸币和梦里的纸币突然完全一样时，他就已经睡着了。由于也服下了安眠药，穆顿夫人一脸沉思，在扶手椅上一动不动，眯着眼睛。他在八点半进来，发现他们已经睡着了。他脱下了莫尔万身上的衣服，砍下了穆顿夫人的脑袋，让血溅到莫尔万身上，给他戴上乳胶手套，又把手套脱下，好让手套沾上他的指纹，还让他的手指触碰到那把钥匙和那个缺了二十九双手套的包裹。然后，他用没有安眠药的香槟替换原本的酒，让酒瓶在地上滚了滚，还小心翼翼地在瓶子里留了一点酒，作为和穆顿夫人杯里香槟的对比。他把莫尔万的杯子洗干净，打碎了它，把裸体的莫尔万搬到浴室。他洗了澡，穿上衣服，把有安眠药的酒瓶和他自己用过的乳胶手套放进一个塑料袋，小心地把那包手套和那捆钥匙包好，打开热水的水龙头，好让莫尔万在醒来时有一种在梦游的情况下开始行动的感觉。他离开之后，直接去了莫尔万的公寓，把那包手套和钥匙留在他家，走到街上，丢掉装着酒瓶和手套的塑料袋，走向特别行动办公室。他算准了安眠药的药效时间，如果可以的话，他希望能在莫尔万刚开始苏醒的时候与其他警察一起赶到现场。他给莫尔万打了几次电话，因为他知道，即便是他醒来了，也不会接电话。于是，他叫上一大群警察——好让他们当目击证人——一起去穆顿夫人的公寓。莫尔万是睡是醒并不重要，因为所有的高层都知道他梦游的事情，卡洛琳也必须要说出她告诉他的事情。但这次牌面也对他有利，由于安眠药的原因，莫尔万还半梦半醒，他以为自己醒了，却认不出自己在镜中的样子。就在他们破门而入的一刻，莫尔万浑身赤裸、满身是血地走出浴室，穆顿夫人的头被他踢中，滚到警察们那被雪花沾湿的鞋边。警察想要扑向莫尔万，但那个人制止了他们。他想让莫尔万有时间进行推理，去分析情况、物证、证人的数量和质量，让他得出自己落败的结论。最重要的是，确定和疑问都是对他有利的，他希望，即便在完全没有记忆的情况下，莫尔万可以承认自己有可能就是苦苦追寻九个月的致命黑影——即便莫尔万记得发生的事情，也证明不了什么。那个人知道，在分析了所有事实之后，莫尔万便不能指控他了。对于证人和法官们来说，莫尔万的指控可能是他变态或疯癫的补充证据。当莫尔万寻找他的目光时，另一个人露出了怜悯的表情，明白牌局已经结束了，而他自己正是赢家。

也许是因为他说这些话费了很大力气，或许是因为雪茄——在说到最激烈的时候他一直用力地吸着雪茄——当托马蒂斯陷入沉默时，汗水仍然从他的额头上冒出，顺着他那被太阳晒过的粗糙皮肤上的皱褶滑落。他坐在椅子上，身子稍稍前倾，拿起酒杯，喝了一口温热的啤酒，脸上满意的神情迅速被啤酒的温度打破，露出一丝厌恶。其他人不动声色地听着他讲话，也和他一样，感觉到衬衫因为汗水而粘在了背上。他们在游艇俱乐部下船后，与水手道别，决定来到现在这个院子——城里人所说的啤酒院子——里吃饭。但索尔迪先开车把他们各人送到家，让他们洗个澡，休息一下；大家约了九点半左右见面。在车上，阿莉西亚和小弗朗西斯科一直没有说话。但在埃克托尔的工作室——也就是皮琼住的地方——门口告别的时候，两人低声说了些什么，似乎密谋要不惜一切代价远离令人沮丧的成人世界，甚至没有屈尊回应托马蒂斯和皮琼让他们一起来吃晚餐的邀请。于是，在九点之后，在城市已被夜幕笼罩的时候，三人风尘仆仆地从不同地方用自己的方式赶来。他们洗了澡，换了身衣服，又饿又渴，最重要的是带着继续聊天的渴望，来到这个被白墙上、巨大的金合欢树上和棕榈树上的挂灯照亮的小院子。为了更加安静和自在，他们故意选了那张离入口最远的桌子坐下——当时还没有很多客人；托马蒂斯背对入口，也就是吧台、烤架和厨房的位置，它们由一堵白色的墙连通，共用一个稻草屋顶；皮琼在托马蒂斯对面，所以他一直都能看见酒保和厨师，还能看见那些沿着红色碎砖小路来来回回、为散落在树木间的桌子上菜的服务生；索尔迪则在两人之间，跟两人距离相等，一直看着大小不一的白色轮胎、白色围栏和漆黑街道以外的那座扁平的公共汽车总站大楼。尽管那栋大楼是二十年前建成的，但皮琼还是把它唤作新站。他们身上仍残留着经历了炎热而明亮的漫长一天之后的感觉，那天的航行、到林孔诺德的拜访、褪色的岛屿和河水应该分别给他们留下共同经历的记忆，而这份无法被翻译成其他人的私人语言的记忆将会一直伴随他们直到死亡。在傍晚时分，他们回到城里，快速地洗了个澡，让他们得到暂时的清爽，从炎热和疲累中短暂地恢复过来。只有对话使他们在几个小时内忘记了令人窒息的炎热和令人不安的阴暗天气。它连续不断地穿过他们，像是一个恒定而单调的背景。在那几个小时内，他们既警觉又多变，既严肃又顽皮，既内敛又外向，强迫心中那股把他们拉向黑暗的力量远离自己的生活；同时，他们也知道，那股力量仍然在跳动，无时无刻不围绕在他们身边，时刻准备要夺走他们的灵魂。

现在，托马蒂斯说完了，索尔迪想，他的满意态度应该是假装的，而不是真实的；在至少一分钟的时间里，三人都陷入了沉默。那是一种让人有点不自在的反思性的沉默，似乎大家都感觉到羞耻。然而，索尔迪也开始有这种感觉，这让他不得其解。在两个小时前，那三件衬衫——蓝色的、黄色的和几乎发着荧光的浅绿色的衬衫——还是干净硬朗的，熨得整整齐齐的，现在却因为汗水而变了样；它们和从它们当中露出的被太阳晒黑的脸和手臂一样，一动不动。一只蛾子在夜空中迷失了方向，远离了在灯下打转和互相撞击的成千上万的同伴，在桌子的杯碟上方，在剩下的食物、橄榄核儿、变形的柠檬片、面包屑、橄榄油、动物油脂、变硬的奶酪片和番茄片间拍打着翅膀。它振动着发白的翅膀，翅膀似乎变得透明；它在残羹上飞得越来越低，似乎自己没办法重新飞向高处；又像是有一股力量把它往下拉，那股力量无法捕获在桌边沉默的三人，所以只能在蛾子身上显威风。三人饶有兴趣、略带惊讶地看着它，看着它晕头转向地转圈，在不断缩小的圆圈中上升和下降，直至筋疲力竭，像一块白色小石头一样直直坠入装橄榄的碟子。皮琼俯身靠近它，对它威胁性地晃了晃食指，用责备的语气说道："我把你从口袋里取出来的时候已经说了，不想再看见你了。"

托马蒂斯也俯下身子，说："不是同一只。"

"谁知道呢，"皮琼说，"即便不是同一只，它们又有什么区别呢？"

那个小小的白色身体的动作越来越慢，半浸泡在油中。碟子中还剩下一些椭圆形的有光泽的深绿色橄榄，在那个即将消失的发白斑点边上，显得比金字塔更神秘，更像石头，比星星更加遥远，更加傲慢。当那只蛾子完全不能动弹的时候，一声意外的猛烈雷声震动了夜空，树枝和空气也似乎开始摇晃，起风了。托马蒂斯用雪茄指着那泡在油里的蛾子，然后将雪茄燃烧的那端指向天空。

"是它的祈祷时间。"他说。

"不，"皮琼说，"只是个巧合而已。"

伴随着另一声雷鸣，一道蓝色的闪电照亮了院子。头顶的棕榈树叶和金合欢树枝剧烈地摇晃，拖动着挂在上面的挂灯，让光影激烈地摇摆。没有客人的桌子上的纸桌布被吹走，砖上的灰尘开始在空气中形成一个红色旋涡，客人和服务生纷纷走过小路，内心带着短暂的雀跃，而托马蒂斯和皮琼却仍然坐着不动，保持俯身靠近那碟橄榄的姿势。索尔迪好奇而惊讶地看着他们：他们快五十岁了，似乎并不是不知道即将发生的事情，但他们却像是被定在当下，像是坐在一个坚不可摧的宝座上。他们似乎什么都不期待，什么都不想要。他们对身边的喧嚣无动于衷，只一动不动地盯着那盘橄榄，被太阳晒黑的脸上没有什么特别的表情，没有流露出任何感情或思想。他们对自己毫不在意，似乎在索尔迪某个不知道的时刻决定跳入外界的河流，任由自己随着水流平静地流淌。几乎在同一时间，皮琼和托马蒂斯缓缓地起身，仍继续忽略身边的喧嚣。索尔迪似乎看到，两人的目光快速地相遇了，但在一瞬间，不知是什么原因，又快速分开了。响起了第二声雷鸣，比第一次更长更猛烈，雷声在院子里回响。雷鸣的震动——而不是风——似乎摇动了树冠；在尚未被风暴覆盖的夜空中，风吹得星星一闪一闪的。皮琼恢复了笑容，把一只手插进裤袋，准备结账。

"要走了，"他说，"因为现在秋天是真的要来了。"

附录：与里卡多·皮格利亚对话[1]

2002年10月，赛尔在普林斯顿大学逗留了一周，做了一次关于《堂吉诃德》的讲座，公开朗读了自己的诗歌。那时，阿卡迪奥·迪亚斯·基尼奥内斯和保拉·科尔特斯·罗卡一起，准备编撰一卷献给赛尔的《普林斯顿对话集》。一般来说，他们会把所有的对话都录下来，收录到这一丛书当中。但有一次，人们都没有发现在录音，就把赛尔谈到自己当时正在创作的《伟大作品》的事情录下来了。我们可以发现——这是让批评家们非常惊讶的一点——在我们口中，书里的人物就像是一些朋友，而我们的对话就像是聊他们的近况。

RP[2]

---

[1] 除《侦查》《伤疤》以外，访谈中的书名均为暂译名。
[2] 里卡多·皮格利亚的首字母缩写。

皮格利亚：那你是喜欢那家餐厅……

赛尔：是的！那家餐厅非常不错！

皮格利亚：那是我们的行动基地，我们常去那儿。

赛尔：它一侧是车站，另一侧是墓园，是家 1910 或 1920 年左右开的酒吧，那吧台的气氛可真不错。也许我们应该带阿卡迪奥到那儿去，去那儿的都是些政客和本地的土匪。

皮格利亚：现在，土匪几乎都不去酒吧了，他们都在网上干活。

赛尔：你们给我杀了这个……

皮格利亚：他们敲一下键盘就好了。

赛尔：还有抢的那些钱。

皮格利亚：当然，尤其是钱。他们不会再把钱装在箱子里或去抢银行了，只要在网上转账……就成了。回到我们之前说的这些人物，你说过，《鳏夫的探戈》里的那个古铁雷斯会出现，与托马蒂斯和加拉伊家族有关的那个团体也会出现，就是那个"老先锋"团体……

赛尔：当然，当然，这就是小说（《伟大作品》）的主题。

皮格利亚：因为在这个团体中，最初应该有塞萨尔·雷伊、马尔奇托斯·罗森堡、埃斯卡兰特。现在古铁雷斯也加入了。他们应该是托马蒂斯和加拉伊家族之前的那一代。

赛尔：没错，首先是年岁——正如荷尔德林的诗[1]。在《某地》里，托马蒂斯五十岁，有一个建筑师女朋友——那应该是他第三还是第四个女朋友了，还有一个年轻的女儿。而他人生中最复杂的部分应该是在《备注》（1978年左右）的结尾和《不可磨灭的一切》之间。他经历了一个黑洞般的危机，他经历了，又走出来了。在《不可磨灭的一切》里面讲了一点他是怎么出来的。

皮格利亚：他在日报报社里工作。

赛尔：没，他辞职了。在《备注》和《不可磨灭的一切》里，他已经离开报社了。我正是想写写这件事。在《某地》里，他说过，他能离开报社，是因为一个叔叔给他留下了遗产。但之后，我想聊聊他为什么离开了报社。可能我会把它写入正在写的这部小说里吧。

皮格利亚：那女人呢？他的妈妈、姐妹……

赛尔：托马蒂斯有过很多女人。第一个是出现在《近在咫尺》里的，我记得是叫珀查。然后，他有了第一段婚姻（他结婚了，但婚姻只维持了几个月，因为这种资产阶

---

1 荷尔德林（1770—1843），德国诗人，古典浪漫派诗歌先驱，作品包括《人，诗意地栖居》《献给命运女神们》《致青年诗人》等。此处作者所说的"年岁"是荷尔德林一篇诗作的题目。

级的婚姻并不符合他的风格）。之后，他和另一个姑娘在一起了，但很快又分开了。后来，他遇到了他的妻子——海蒂，也就是他的女儿的母亲。他们在一起住了一段时间，但最后还是分开了。在这之后，他的女儿长大了，书里就没再说这些事（他的情史）了（因为他也和别的离婚男人一样，身边一直有不同的女人）。现在，他和一个叫维多利亚的女人在一起。在《某地》中，这个女人还没有名字。但在我正在创作的这部小说里，她会以这个名字出现。她总是用"这人"来称呼托马蒂斯。

皮格利亚：那马尔奇托斯呢？

赛尔：他呀，他也会出现在我正在写的这部小说里，但他已经长大了……

皮格利亚：他和朋友的妻子在一起，他朋友叫……

赛尔：是的。在那女人回到布宜诺斯艾利斯的时候，她跟雷伊一起了。但雷伊死于一场地铁事故，据说他应该是喝醉后掉下了月台；但也有迹象表明，他可能是自杀的。于是，在《伤疤》中，她回到了丈夫的身边。她的丈夫一直在找她，所以他们俩又住一起了。现在，她也会出现在这部小说里，但已经是一个老太太了。

皮格利亚：马科斯[1]可是那个社会主义者……

---

[1] 此处的"马科斯"原文为marcos，下文"马尔科"原文为marco。

赛尔：马尔科就是那个社会主义者，但他现在已经不是社会主义者了。尽管他一直支持左翼，但现在，他是左翼或中立偏左势力的议员。

皮格利亚：那塞尔希奥·埃斯卡兰特呢？

赛尔：埃斯卡兰特也会出现在这部小说里，因为埃斯卡兰特来的时候，古铁雷斯决定要举办一个派对，邀请所有朋友参加。于是，他也会去找就住在他家旁边的埃斯卡兰特。埃斯卡兰特仍是做着律师的工作，但已经尽量不干那么多活儿了。他也仍然跟那个女佣在一起，甚至还说："你知道吗？我已经和我的女佣同居二十年了。"而他的朋友则回答："我也猜到你们俩的事情了。"

皮格利亚：他还继续游戏人间。

赛尔：不，他没有那么玩世不恭了。但是，古铁雷斯是在街区里一家寻常的钓鱼俱乐部里找到他的，那时，他正在打牌。埃斯卡兰特就住在林孔的一间小房子里，房子很简陋，他的妻子在城里工作。他的妻子已经四十多岁了。古铁雷斯还对埃斯卡兰特说，他经过他家，是他的女儿接待的他。而埃斯卡兰特却说，不，那是他的妻子。

皮格利亚：那塞尔希奥呢？在此之前他就出现了吗？

赛尔：没有，他就只出现在《伤疤》里。现在，我倒不确定，书里的人物是零星地出现还是全部都出现了。我不知道……因为塞尔希奥对古铁雷斯说，他觉得自己大概不会离开，所以我不知道他究竟有没有离开，也有可能是，我让他出现了几分钟，又让他消失了，但我并不是太喜欢人物的这种反复出现和离开。

皮格利亚：那法官呢？

赛尔：他消失了。

皮格利亚：但他是加拉伊家的亲戚吧？

赛尔：是的，但他是加拉伊家的另一支，因为一支的姓氏是加拉伊·洛佩斯，另一支的姓氏是洛佩斯·加拉伊，没错，就像安乔雷纳·米特雷家族和米特雷·安乔雷纳[1]家族一样。

皮格利亚：那皮琼呢？他怎么样了？

赛尔：皮琼是索邦神学院的文学老师。《不可磨灭的一切》说了："我在一个无足轻重的地方里做着一项无足轻重的工作：我是索邦神学院的文学老师。"他结婚了，有两个孩子，在《侦查》中，其中一个还和他一起旅行。

皮格利亚：然后他就走了，在《残稿》里，在那么一个不确定的时间里消失了。

---

1 西班牙语国家的家族姓氏是父亲的姓氏在前，母亲姓氏在后，所以这里出现了姓氏"加拉伊"在前或在后的情况，但都能体现当中的"加拉伊"血脉。

赛尔：是的。那大概是七十年代之前的一段时间吧，1966年或1967年左右，直到《侦查》，他才回来。但是，当中的时间线仍很模糊，这是有意而为之的。这么做并没有什么特别的原因，而是不想让人物困在时间的牢笼里。作品中可能还有一些我没能注意到的违背时间线的事情……

皮格利亚：与此相关的还有一点，就是安赫尔·莱托，就是《伤疤》里面的安赫尔，是安赫尔·莱托吗？

赛尔：不。

皮格利亚：啊！那真是太好了！

赛尔：为什么是"太好了"？

皮格利亚：因为我不希望他们是同一个人……就是那个安赫尔·莱托，他母亲……

赛尔：在《颠覆》。

皮格利亚：不，是在《棍子和骨头》的一个短篇故事里的。

赛尔：那不是安赫尔·莱托，那是安赫利托。

皮格利亚：圣菲的小说家们都把他们唤作一样的名字……但他的母亲和安赫尔·莱托的母亲很像……

赛尔：是的，当然。

皮格利亚：因为在《伤疤》里，也有一个叫安赫尔的人物，他也有母亲。

赛尔：那是安赫利托，就是短篇故事里的那个安赫利托。在刚出版的《短篇全集》里有一个题为《黄金关系》的故事，里面的安赫尔就是他。只是这个安赫尔是老了的安赫利托而已。

皮格利亚：这个故事是发生在什么时候呢？

赛尔：六十年代。

皮格利亚：那就是一个与《置身其中》有关的故事。

赛尔：没错，但更与《伤疤》相关，就像是《伤疤》的一个小前传。

皮格利亚：所以不能把这个安赫利托和安赫尔·莱托给弄混了。

赛尔：是的。其实我这么做是有一点故意的成分的，是作为作者的我对读者的一种小小的"引诱"吧。有些人已经发现这一点了，却没有很在意。比方说，安赫利托是名记者（他和托马蒂斯一起在报社工作），与其他人物间有点距离。而安赫尔·莱托却是个会计，是那些书的持有者。

皮格利亚：好，那我们来聊聊安赫尔·莱托。他第一次出现是什么时候？

赛尔：他第一次出现是在《颠覆》，那时，他刚从罗萨里奥来到这儿。雷伊走进邮局时，安赫尔·莱托正和托马蒂斯在一起，托马蒂斯把他介绍给雷伊。雷伊却对他说："你也是新一代的方济各会成员吗？"之后，在第一部里，雷伊和克拉拉——也就是马尔奇托斯的妻子——一起去时钟酒店的时候，莱托也在那儿，正和汽车旅馆的主人希门内斯喝着酒。于是，雷伊就顺路把他给捎回来了。这都是《伤疤》第一部里的情节。之后，在这部小说里，他又出现了几次，但之后就消失了……

皮格利亚：之后，他就作为人民革命军[1]出现了。

赛尔：是的，在《朋友》里，还有在《备注》里。他是《备注》的男主角，另一位主角是一个数学家。

皮格利亚：在《朋友》里，巴尔科把托马蒂斯公寓的钥匙借给了他。

赛尔：因为当时托马蒂斯在外国，而他呢，则准备要杀死某人。这件事在《大事件》里面也有一些细节的体现……

皮格利亚：之后的故事里也有提到他是怎么死的。

赛尔：当然了，但那都是之后的事情了。

皮格利亚：但在这之前，莱托会在《不可磨灭的一

---

1 阿根廷历史上的一支共产主义游击队，1970年成立。

切》里与托马蒂斯相遇,托马蒂斯看见他手上的氰化物药片,感到非常惊讶。

赛尔:不,这是在《备注》里的情节。但《备注》的结尾和《不可磨灭的一切》的故事基本就是同时发生的,两者可能就相差两三个月的时间,都是在 1978 年左右。

皮格利亚:因此,我们可以想象,莱托在某个特定的时间成为这个群体的一员,这个时间顺序基本是:他准备杀死某个人,在手里拿着毒药的时候见到了托马蒂斯,然后两人一起在一场"冲突"中把那人杀掉了。

赛尔:没错。

皮格利亚:最后,我们来谈谈华盛顿吧,因为在小说里,伊西尼奥·戈麦斯似乎和马尔奇托斯、雷伊一样,是这群"先锋"的一员,但他仅出现在诗歌里。

赛尔:对,在诗里,还在《大事件》的一篇小文章里,题目是……

皮格利亚:《伊西尼奥·戈麦斯传》,当时,华盛顿正……他在这些文章里的故事是……?

赛尔:华盛顿,好吧,我之前也写了一些关于他的东西,但都没有派上用场。他第一次出现还是在《大事件》的故事里,题目叫《七十岁的诗人》,那大概是这个人物的雏形。之后,在《残稿》和《备注》里有提到他,在

《伊西尼奥·戈麦斯的结局》和一些别的零散的文章里也有提到，如《侦查》，就是在他死了之后再说起这个人物。

皮格利亚：因为在这些文章里……

赛尔：是的，这些文章不是他写的，但出现在他的书房里，因为他对小说这个文类持有一种非常轻蔑的态度。我不记得这句话是否出现在书里了——我想书里应该是有的。在《备注》里，他说过，"我就和以弗所的赫拉克利特[1]以及巴拉圭的米特雷将军[2]一样，只会留下残章"。书里有吗？

皮格利亚：我不记得了，但我很喜欢这句话。

赛尔：如果没有的话，我就把它写进去。

---

1 赫拉克利特（前540—前480），古希腊哲学家，以弗所学派的创始人，相传生性忧郁，被称为"哭的哲学人"，他的文章只留下片段，爱用隐喻和悖论，致使后世的解释纷纭，被后人称作"晦涩者"。
2 巴托洛梅·米特雷（1821—1906），第六任阿根廷总统，军人，史学家。

译后记

1937年6月28日,胡安·何塞·赛尔(Juan José Saer)出生于阿根廷圣菲省塞罗迪诺的一个叙利亚移民家庭。之后,他在阿根廷滨海国立大学学习法律和哲学,1962年在该校任教,主讲电影史和电影美学及批评。1968年移居法国,在雷恩大学任教。2005年6月11日,因肺癌在巴黎逝世。

赛尔一生笔耕不辍,在去世前仍在创作小说《伟大作品》,著有长篇小说12部,短篇小说集6部,诗集2部,文学随笔集5部。尽管赛尔带有中东血统,但他一直使用西班牙文写作——准确地说,是使用拉丁美洲(或阿根廷)西班牙文写作。在一次采访中,他表示,旅居巴黎的他很享受这个语言与自己母语不同的国家,也会尽量避免接触伊比利亚半岛的西班牙文,以保持自己的西班牙文"不被污染"。在他的作品中,我们能看到非常具有阿根廷特色的语言以及用这种语言呈现出来的人文和自然地理景观。

赛尔是二十世纪拉美文学和西语文学最重要的作家之一,并被认为是继博尔赫斯之后阿根廷最重要的作家和二十世纪下半叶最好的阿根廷作家。以故乡巴拉那河畔的科拉斯蒂为原型,赛尔构建出专属的文学空间,故事里的人物也穿梭于这个虚实难辨的连贯空间之中。正如皮格利亚所说,对于赛尔来说,故事人物就像是自己身边的朋友或熟人,每人物都有各自的时间线和故事,而赛尔正是用自己的作品记录了科拉斯蒂的故事人物所经历的社会和生活,如《某地》(2000)中的两篇故事与《大事件》(1976)中的故事形成了互文,讲述了发生在《侦查》(1994)之后的事情;而在《备注》(1986)里,则出现关于加托失踪原因的猜测。

《侦查》出版于1994年,是赛尔的第一部侦探(或反侦探)小说,在市场上取得了不俗的口碑和销量。故事主要分为三个部分,第一部分发生在圣诞节前夕的巴黎,警长莫尔万正在追查已造成二十七位受害者的连环谋杀案凶手,叙事者身份未明,却时不时打破"第四面墙",与读者互动。第二部分是久未返乡的皮琼回到故乡,与旧友托马蒂斯、新朋友索尔迪一同讨论匿名文稿《在希腊帐篷里》作者的身份。第一部分的叙事者——正是移居巴黎的皮琼——也渐渐浮出水面,同时,在两位老朋友的心中,仍留有皮琼孪生兄弟突然失踪所烙下的伤痕。在最后一部分，皮琼揭开了巴黎案件的谜底，托马蒂斯却提出了另外一个可能的谜底。索尔迪则讲述了匿名文稿中的故事，似乎与巴黎案件形成了互文。不难发现，在讲述这三个故事的时候，作者绵里藏针地嵌入了自己对"笛卡儿式的理性主义、文明的定义、消费社会"的批评，对"文明、经验的真实和虚构的真实"[1]进行了反思。

众所周知，侦探小说是兴起于十九世纪的文学体裁，主要遵循"罪案—侦查—解谜／破案"的模式。随着社会的不断变化，侦探小说也演化出不同的流派，包括本格派、变格派、社会派、冷硬派、写实派等。二十世纪四五十年代，随着欧美侦探小说在拉美国家的广泛译介和传播，侦探小说在拉美文坛悄然兴起[2]。同时，在博尔赫斯、比奥伊·卡萨雷斯等作家的推动下，注重推理和智力元素的解谜小说成为创作主流[3]。在军政府独裁统治时期（1976—

---

[1] Torres, F. (2023). Taller de Lectura Juan José Saer La pesquisa (1994), *Lo imborrable*, 26 de abril de 2023.

[2] 楼宇，《"文学之用"：当代拉美侦探小说创作管窥》，《外国文学动态研究》，2021年第4期，第78页。

[3] 楼宇，《二十年记忆闪回：2019年阿根廷文学记录与思索》，《外国文学动态研究》，2020年第4期，第65页。

1983），主要推行非黑即白的简单作品。因此，从七十年代开始，注重现实性与批判精神的硬汉派侦探小说逐渐成为阿根廷侦探文学创作的主要类型。作家们开始通过创作与主流价值不一样的"灰色的、复杂的、充满无解谜题的"作品，以"揭示官方叙事的虚伪"[1]。在这个时期，阿根廷也产生了风格独特的侦探小说作品：英雄的缺席，无解的谜题，凶手与受害者之间的模糊界限，多重的叙事者，日常之下的暗流。《侦查》延续了拉丁美洲的侦探小说传统，披着侦探小说的外衣对政治进行更加隐蔽的社会批评，以元小说的形式把三个不同时空的故事结合起来，对侦探小说这一文类进行解构，融入作者对文学、真实、虚构的反思，使得作品既具有可读性，又拥有深沉隽永的意味。谜题、解构和暴力正是理解《侦查》的三个关键词。

谜题是侦探小说的中心要素。《侦查》里的谜题主要有四：巴黎连环凶杀案的凶手，《在希腊帐篷里》作者的身份，莫尔万的父亲究竟是谁以及加托和埃莉萨失踪的原因[2]。这四个谜题在时空上并非一致，表面上通过三个

---

[1] González, G. (2007). La evolución de la novela policial argentina en la posdictadura, *Hispania*, 90(2), 253-254.

[2] Fabry, G. (2001). Las figuras movedizas de la culpabilidad en La pesquisa de Juan José Saer, *Actas XIV Congreso AIH*, IV, 177.

人——皮琼、托马蒂斯和索尔迪——而产生了联系，汇聚在同一时空。但只要细细读下去，我们就会发现，除了那三个主要人物以外，这四个谜题的出现并非偶然，而是作者的巧思，因为它们之间还有隐含的联系：四个谜题都是关于暴力、创伤、虚构／真实的故事／事件——这些也都是反复出现在赛尔作品之中的主题。

与其他侦探小说不一样的地方是，在《侦查》中，这些谜题并非有一个确定的答案或所谓的真相。在这部作品里，作者没有为四个谜题提供一个准确的答案，只是通过三对镜像——莫尔万与劳特，皮琼与托马蒂斯，老兵与年轻士兵——叙述了可能的真相，引出了谜题之下藏得更深的伏线，也是作者真正想要读者去思考的一系列问题：凶手和受害人的界限在哪里？暴力究竟是什么？经验的真实和虚构的真实是否属于真实？

在小说的第一个谜题——巴黎连环凶杀案——中，赛尔完成了对侦探小说这一文类的解构。皮琼口中那延续了超过一整个章节的故事，被托马蒂斯用不到半个章节的篇幅就轻易地打破了。在叙事当中，皮琼不断强调数据和资料，以此为自己口中的故事背书。即便这故事无数次出现在报刊、新闻、广播中，"那难道就能说明那是真的吗[1]？"皮琼和托马蒂斯口中的故事与传统侦探小说一样，当中的谜题是有确定答案的，而且推理过程基本缜密，有理有据，对凶手作案动机和手法均能作出合理解释。但仅仅因为这两个版本同时出现，原本合理的常规侦探故事就分崩离析了。这也体现了赛尔常用的叙事技巧——"抹杀、压抑或消除某个特定事实（历史的、社会的、政治的、情感的）"，无法找到意义的故事恰恰表明，"无意义"才是人类状态的核心[2]。

凶杀案有两个可能的凶手，而第二个和第三个谜题——匿名文稿的作者和莫尔万父亲的身份——却是无解的谜题。以这种反常规的设计，赛尔对传统的"寻找"母题进行了解构：寻找的结果可能正是没有结果。同时被解构的还有语言以及语言想要传达的一切："我们的话语，只要一说出口，也会让人感觉到，它是被一个流动的、无处不在的、多重的和无所不知的意识组织起来的"[3]；"也许之后，当他们再次回想起三人共度的这个夜晚，他们不会

---

[1] 赛尔，《侦查》，作家出版社，2023年，第115页。

[2] Swanson, P. (2002). The Defective Detective: The Case of Juan José Saer and La pesquisa, *South Atlantic Review*, 67(44), 61.

[3] 赛尔，《侦查》，作家出版社，2023年，第15页。

有同样的记忆。显然,对于皮琼的故事,每个人也都有自己的想法,不仅仅是索尔迪和托马蒂斯有不同的看法,更重要的是皮琼,他永远无法证实自己的话语在他人的想象中的确切意义[1]"。作为旁观者,索尔迪无法准确抓取皮琼与托马蒂斯对话的含义以及当中指涉的那两人独享的共同代号或记忆。即便是托马蒂斯,在面对多年不见的好友时,也无法确信自己能对皮琼作出正确的理解和判断。在赛尔笔下,语言似乎变得无力,经历无法用语言去表达,而真正重要的事情正是那些没有被谈及的事情,如加托和埃莉萨的失踪。他认为,创作不是呈现确定的真相,而是一个发现被忽视事物的过程。正如他在一次采访中所说:"事件本身是没有生命的。是我们把生命给予了事件[2]。"

作为文学家,赛尔也不可避免地在写作中对文学的边界进行不断的反思和试验。他对语言和文学的执念一直贯穿他的所有写作,包括小说和散文。他质疑是否可以用文字传递记忆,质疑是否存在了解事情的可能性。《侦查》中的人物也就此进行了简洁却精彩的讨论:

---

[1] 赛尔,《侦查》,作家出版社,2023年,第81页。
[2] Premat, J. (1996). El crimen de la escritura: La novela policial según Juan José Saer, *Latin American Literary Review*, 24 (48), 34.

> "老兵拥有经验的真实,而年轻士兵则拥有虚构的真实。两者从来都不是相同的,然而,尽管两者的性质不同,它们也不总是对立的。"皮琼如此说道。
>
> "没错,"索尔迪说,"但经验的真实总希望比虚构的真实更加真实。"[1]

老兵和年轻士兵正是一对镜像,一个代表了经验的真实,另一个代表了虚构的真实。小说中还存在着另一对类似的镜像:皮琼和托马蒂斯。皮琼所坚持的真实,只是他从媒体上看到的真实,而非强调经验的真实,也就是说,巴黎案件的叙事中并不存在经验的真实。两人的讨论对文学的边界提出了挑战:虚构的真实也是一种真实,而且其真实程度并不比经验的真实要低。换句话说,经验的真实性可以在有限的范围里有着真切且巨大的影响,或虚构在极大范围的广泛传播,以至于让人产生一种错觉,以为经验或虚构的真实性拥有较高的可信度,却忽略了非常重要的一点:实际上,经验的真实和虚构的真实都是同样可信(或同样不可信)。因此,赛尔一直非常关注,如何在写作

---

[1] 赛尔,《侦查》,作家出版社,2023年,第121页。

所具备的抓取事实的能力和带着怀疑去检视现实的本质之间取得平衡[1]。

第四个谜题——加托和埃莉萨的失踪——是作者着笔最少的，却是隐含信息最多的，让读者时刻有着如鲠在喉的感觉，也是赛尔对文明、暴力、创伤、人类进行深刻反思的切入点之一，是把相隔万里的巴黎与科斯蒂联系起来的重要纽带。拉丁美洲那些动荡的岁月让人不难猜出两人失踪的原因。消失在空气中的两人和那些被屠杀的巴黎老太太一样，都被潜藏在社会中的暗流吞噬了。在赛尔看来，暴力是所有罪行的源头，而被身处"世界中心"的巴黎人所引以为傲的欧洲文明恰恰有着与暴力密不可分的起源：随心所欲的天神只遵循自己的规则和世界观——一如那拥有旁人无法理解的屠杀逻辑的凶手，掳走名为欧罗巴的少女。在巴黎的连环谋杀案中，不管凶手是莫尔万还是劳特，结果都是一样的：凶手就是警察，是属于同样时代的、受到同一文明熏陶的产物，是属于欧洲文明的罪[2]。在赛尔笔下，莫尔万是官方承认的凶手，而劳特就像是未被

---

1 Swanson, P. (2002). The Defective Detective: The Case of Juan José Saer and La pesquisa, *South Atlantic Review*, 67(44), 61.
2 Fabry, G. (2001). Las figuras movedizas de la culpabilidad en La pesquisa de Juan José Saer, *Actas XIV Congreso AIH*, IV, 180.

承认的国家黑暗面，为了维护社会稳定而被掩埋。与莫尔万压抑的情结一样，阿根廷社会的苦痛记忆也被掩盖了[1]，却无法阻止弥漫在社会中的心照不宣的暴力吞噬了一个又一个的加托和埃莉萨，也驱逐了一个又一个的皮琼。在两个社会中，集体意愿都选择了逃避真相和忘却过去（群众面对"巴士底狱怪物"的态度，皮琼和托马蒂斯在重逢时对加托失踪绝口不提），因此，政治真相也成为一种虚构[2]。

关于连环凶杀案与独裁时期的暴行之间的照应，学者还总结了更多的细节：不管是莫尔万、劳特还是独裁当局，凶手均为施虐狂；不管是那二十九个老太太还是普通民众，受害者均是手无寸铁的无辜人，而且信任凶手（民众信任当局）；凶手身份无法确定，因此所有人都是嫌疑人以及受害者；老太太住所的狼藉与皮琼家房子的破败；在进行杀害之前对受害人的异化；外表正常的凶手内心栖息着怪物；面对暴力时的常态化的恐惧；法国与盖世太保之间联系的蛛丝马迹即阿根廷独裁时期的痕迹[3]。对于赛尔

---

1 Swanson, P. (2002). The Defective Detective: The Case of Juan José Saer and La pesquisa, *South Atlantic Review*, 67(44), 60.

2 Ibid., 59.

3 Goldberg, F. F. (1997). "La pesquisa" de Juan José Saer: Alambradas de la ficción, *Hispamérica*, 26(76/77), 95-96.

来说，犯下政治罪的独裁政府与托马蒂斯口中的连环凶杀案杀手一样，都是为了"愉悦"而杀戮，是其变态（而非病态）内心的体现[1]。在赛尔眼中，"人类中的非人特性正是人的本性"[2]。面对被静默的记忆，赛尔用充满隐喻的文本，用发生在另一个空间的"虚构"来指涉那股把阿根廷甚至全人类"毫不留情地直直地拉向深处"的无形力量。不管是在个人层面还是在社会层面，暴力必然会带来创伤与记忆问题。在许多作品中，赛尔都以迷宫般的叙事，努力去"在面对（大写的）遗忘时恢复（大写的）记忆"[3]。

正如赛尔在某次访谈中所说："我感兴趣的并不是圣菲省的人，而是广义上的人。"[4] 在极具地域特色的文学空间中，赛尔笔下的人物汇合交错，寻求着属于自己的生存方式。赛尔在一次次重新书写常规文学模式的尝试中，以平淡却不失犀利的笔触剖开人类社会和文明的内核，在现

---

[1] Arce, R. (2010). Bestiario, bovarismo, perversión y parodia en La pesquisa de Saer, *Orbis Tertius*, XV(16), 5.

[2] Ibid., 9.

[3] González, G. (2006). El pecado original: El crimen, la violencia y la masculinidad en "La pesquisa", *Revista Hispánica Moderna*, LIX(1/2), 69.

[4] Premat, J.; Vecchio, D.; Villanueva, G. (2005). *Entrevista a Juan José Saer del 4 de marzo de 2005*.

实生活中划出一道口子，让我们得以窥见现实与语言的边界，以及个人、集体与文明的罪责。

关于译本

2021年年底的时候，赵超编辑把这本书的西班牙文书稿发给我。我看到书名的《侦查》二字，加上作者是阿根廷人，内心其实充满忐忑：一是因为我并不是侦探小说的"发烧友"，虽然在马德里遇到过几个对类型小说颇有研究的教授，但对侦探小说的了解仅限于柯南·道尔、阿加莎·克里斯蒂和一些泛泛的理论；二是因为我自毕业以来都在关注西班牙特定时期特定区域的某几个作家，对拉美地区的背景怕是掌握不全。但在去北京的飞机上匆匆读完这一百来页，像是堕入迷雾，感觉与自己研究的作品以及印象中的拉美文学有些不同，我便决定应承下来，给自己一个借口，再"细读文本"，借翻译的机会抽丝剥茧，看看作者葫芦里究竟卖的是什么药。没承想，这一"细读"，就是一年多的时间，翻来覆去看了四五遍。

如意料之中，翻译的难点主要有三。第一是背景知识。由于译者缺乏在拉美长时间生活的经验，只能运用想象力，通过图片和文字把小说中的某些场景还原。由于伊比利亚西班牙文和拉丁美洲西班牙文的区别，在确定某些事物的名称（如"雪茄""蛾子"）的时候也需要仰仗多种资源以及母语使用者的帮助。

第二是长句。由于作者把口语加入到文学语言当中，《侦查》的语言风格与普鲁斯特的作品有异曲同工之处，出现了非常多"一逗到底"、插入语眼花缭乱的情况。当然，这一方面是提高了作品的文学性，但另一方面，也为翻译增加了难度。译者不才，在大部分情况下，或使用破折号保留插入语的形式，或使用长定语、多定语以及分号来翻译作者传达的丰富信息。最后出来的效果可能不太符合中文阅读习惯，读者阅读也可能会比较费力。但译者认为，这样的"异化"可更好地体现西班牙文口语的魅力，也比较符合赛尔原本想要营造的"絮絮叨叨"的文风。读者朋友们不妨尝试把文字朗读出来，可能会有助于理清长句的思路。

第三是某些词语或表达。我们知道，即便像"苹果"和"manzana"（西班牙文，意为"苹果"）这两个代表简单概念的词语，在语言使用者脑中所代表的形象也不一定完全一致，更别说某些没有对应概念的词语了。比如西班牙文"crepuscular"一词，既能表示"黎明的"，也能表示"黄昏的"，而中文就没有对应的一个词可以代表这两个基本完全相反的意思。而在翻译"luz crepuscular"（"luz"在西班牙文是"光、光线"的意思）的时候，译者曾想使用"曙暮光"，却觉得这个词较为正式和生硬，于是在讨论后只能译为"不知是黎明还是黄昏的昏暗光线"，在意义上达到重合，而无法在形式上——用一个词表达两个意思——与原文达到一致。

最后，这本书得以呈现在读者面前，离不开大家的付出和努力：首都师范大学的芥末Guille，译者的同窗张皓，以及本书责编赵超老师。来自阿根廷的Guille是文学研究专家，精通多国语言，为译者解答了不少在翻译过程中关于词义和文风的疑惑。在拉丁美洲生活多年的张皓既熟练掌握西班牙文，又是中文文学创作者，总能对译文的遣词提出更好的意见。感谢我的父母，无论我手上有多少任务，无论我经历着怎样的低谷，他们总是无条件地支持。当然，最重要的还是要感谢赵超老师的独特眼光、耐心审校和广博知识。但本人终究是浅见寡闻，书中错漏在所难免，望各位读者包涵指正。

2023年10月于深圳